終点のあの子

终点的少女

[日]柚木麻子——著　胡静——译

中国友谊出版公司

目　录

フォーゲットミー、ノットブルー｜勿忘我之蓝

#001

到底什么时候才能修完啊?

希代子就读于世田谷区的私立新教派女校，距离那里最近的车站一直在施工。对于有着四条运行线路的私营铁路来说，这是一个大型高架站。站台紧挨着八层楼高的车站楼。希代子从下北泽车站上车，搭乘慢车或是普快列车到达这里。特快列车不在这里停靠。

希代子觉得这个车站没必要再扩建了。尽管如此，通向站台的楼梯与一楼检票口附近却整年围着白色的挡板。这里总是散发出挥发性液体所具有的刺鼻气味，四周的角落里也积存着不少白色的水泥粉末。

“他们到底想不想完工啊？”

中学时就和希代子同班的森发起了牢骚。刚过了检票口，附近就传来了电钻发出的噪声。也许是不想输给这噪声，森扯开了嗓门儿大声道：“看来这里能一直修到咱们毕业啦！”

希代子与森是从女校的中学部直升高中部的，也就是人们所说的内部生源，所以她们知道这个车站三年前就在施工了。

已经毕业了的琉璃也说过：“我们上学那会儿，这里也在施工呢。”

现在攻读美大研究生的琉璃今年二十七岁，据说她上学时这里正在修建站台。在那之前，这个车站的列车都是在地面上运行的。

“早点儿修完有什么不好啊？”

两人并排向着从车站延展开的商业街走去。上中学时，希代子和森都是绕远路走住宅区到学校的。据说，初中生穿行商业街是会被高中生警告的。之所以是“据说”，是因为希代子和森都是乖宝宝一族，所以她们从没走过违规的路线。

今天是高一新生的入学典礼。这对于从初中部直升高中部的希代子和森来说就像以往的开学式一样，并没有什么特别的。不过，系在她们制服胸口处的蝴蝶结的颜色由红色变成了蓝色，这还是让她们感觉有点儿难为情。

“修不完有修不完的好哦。”

身后突然传来了说话声，两人吓得猛地转头看去。在她们身后站着一个陌生的女孩儿，她穿着一条蓝色的短连衣裙，一张圆脸白白净净的。两手空空的女孩儿一副笑眯眯的样子说："就像是西班牙的圣家族大教堂一样。我爸爸说过的，他说这家铁路公司很了不起。他们能让这个车站在无数年间建了拆、拆了建，这需要多么大的勇气与创造力啊！"

说完，那女孩子就蹦蹦跳跳地超过了希代子和森。森歪头浅笑着，露出一脸莫名其妙的神情。希代子说了声"是吗"。虽然她的神情与森相同，但她却又暗自有些佩服那个女孩子。

能够突然向陌生人搭讪，并且把自己想说的话说出来，她真是太了不起了。

#002

新班主任是教世界史的名村洋子老师。她在全校的早会上进行了发言。名村老师的爱称是"阿名"，因为她曾经在初中部教过几次课，所以希代子也认识她。希代子觉得，这个三十多岁的单身女性明明长着一张非常可爱的脸，但是她的服装与发饰却土气十足。不过她讲的课还算有趣，而且也不会像其他老师一样突然发火，或是一说起自己学生时代的事情就没完没了。班主任是阿名，还能和森在一个班级，这让希代子感觉自己十分幸运。在比平时稍长的早会结束后，希代子等人来到了自己的班级。教室里有十几个外校考入的女孩子正神情紧张地坐在那里。希代子发现，早上那个穿着蓝色连衣裙的女孩子也在。班级里的其他人都是一身灰色的制服，她的打扮自然十分显眼。每个人都在偷看她。

阿名站在了讲台前："同学们，从今天开始的一年里，这里就是我们二十七个人的班级了。接下来我们就按学号开始逐一做自我介绍吧。无论是初中部直升的同学还是外校考入的同学，都要仔细记住其他人的长相与姓名哦。"

学号第一的秋川雅美带着羞涩的笑容站了起来。她留着男孩子气的短发，脸颊红彤彤的。希代子和她在初中一年级时也曾经是同班同学。

"我是秋川雅美，大家都叫我雅美。外校考入的同学也可以这样叫我。我初中时就加入了篮球部，高中也打算继续打篮球。我喜欢体育。还有，我喜欢吃无印良品的梅干，我还喜欢KAT-TUN的赤西君。"

同学们哄堂大笑起来。雅美笑嘻嘻地扑通一声坐在了椅子上。希代子发现，她的自我介绍和初中时一模一样。十二岁时的雅美也和今天一样晃动着纤细的身体。

希代子望向窗外，满眼都是盛开的樱花。这比从初中部的校舍看到的樱花更大、更美。希代子的青春始终都在上学与回家的往返中流逝着。她无波无澜地度过每一天。比如，她从来没有考虑过交男朋友，或向顽固的父母、老师发起反抗，或者与同学拉帮结伙之类的。

“我是奥泽朱里。”

略带含混的甜美声音响起。希代子吃惊地转头看去，那个穿连衣裙的女孩子正站在她面前。

“大家都穿制服，真是吓了我一跳。入学典礼上大家应该都穿自己喜欢的衣服啊！我是外校考入的，请多指教啦。”

教室里安静了片刻后，有人毫无顾忌地窃笑起来，也有人开始窃窃私语。希代子最受不了这样的时刻。那个有点儿奇怪的女孩子毫不在意地说着，这倒让大家感到有些无所适从，感觉像是受挫了一样。大家求助般地看向阿名，她却是一脸带笑的样子。朱里同学在就座的瞬间也瞥了眼阿名，似是悄无声息地向她张口说了什么。两人间有种如同姐妹般的亲密感。

“怎么回事，那两个人关系很好吗？”

希代子身边的仁科皱着眉头向她小声问道。仁科是个观察事物细致入微的人。希代子歪着头表示不知，心中有些起伏不定。

#003

“哎，立花，我拿我的菠萝包和你的菠萝包换吧。”

希代子真正直接与朱里对话是在开学典礼后的一个半月后。

那天，希代子在小卖部买了大菠萝包和酸奶打算充当午餐。希代子的妈妈今天少见地起床晚了，因为来不及做便当，所以给了希代子 1000 日元。希代子想放学后用午餐剩下的钱和森一起去车站对面的汉堡店吃汉堡，于是她选了价格便宜的 98 日元的面包。

这个面包她能要吗——希代子想。她并没有因为朱里突然提出的请求而感到吃惊。于是，她小心翼翼地问道：“真的吗？这个面包可以吗？”

听了她的话，朱里似乎很满意地点了点头，然后挽住了希代子的胳膊。

“不介意的话就一起吃吧！”

她微笑着说。真是犹如婴儿一般的笑颜啊——希代子想。她的身上还带着一股牛奶的香味。肤色白皙的朱里只有脸颊粉扑扑的，浅淡的汗毛闪闪发光。那脸蛋就像是中元节时收到的白色蜡光纸包裹着的桃子。希代子瞥了一眼身边的森，她正带着困惑的眼神悄悄打量着希代子与朱里。希代子、森、美树、江户梁和仁科已经在不到半个月的时间里结成了午餐小组。她们都是初中部直升上来的，在班级里属于认真派。与同属于认真派的星野所率领的秀才组相比，她们更加亲切，也更容易与之搭话。但是她们还做不到在午餐时间把陌生人当作客人一样招待。

“嗯……那个，我们两个去吃饭吧！”

希代子给了森一个暗示，她总算是收到了这个暗示。

“对不起，一会儿我要和奥泽去吃午饭。”

“好、好，我会告诉江户梁她们一声的。”

希代子与森快速地说完后，就挽着朱里的胳膊催促着她出了教室。希代子的大脑开始飞速运转起来：要去小卖部的露天咖啡厅吃饭吗？不行，那里是雅美所属的篮球部以及田径部等体育系学生们的地盘。

现在，希代子的班级里的同学分为了六个小组。每个小组的凝聚力都不是很强。大家都是匆忙间加入了想进入的小组。这样看来，这些小组在第二学期时还可能会被打乱，也许团体里还会进行难以想象的人员更换。被带到走廊上的朱里不时回头看看教室里的森。

“这样好吗？你们中午不是总在一起吃饭吗？”

“嗯，没关系。今天我和你一起吃。”

“和我一起吃饭就不能和大家在一起吗？”

希代子别扭地回答了这些艰涩的问题。她发现朱里不会察言观色，因而感到有些厌烦。被动受邀的自己为什么要被她这样质疑啊！

“奥泽同学，平时你都在哪里吃中饭啊？”

为了转换话题，希代子问道。她还不知道朱里属于哪个小组。

“自己在屋顶上吃！”朱里笑着说，“不过，我有时会和保田她们吃饭，有时也会在露天咖啡厅吃饭，嗯，哪里都有吧。”

希代子惊呆了。

朱里所说的保田就是内部直升的保田早智子。她是个两眼斜视而且驼背的胖女孩儿，总是穿着松松垮垮的袜子，笨拙而缓慢地迈着罗圈腿走路。她总是和一些土气的孩子一起看耽美漫画或者画插画。希代子总觉得那些美丽的花朵、华丽的美少年与她们的反差太大，所以并不怎么与她们接触。

朱里说她也去露天咖啡厅，那就是说她也会和雅美她们聊天。最后，希代子被朱里拉到了屋顶上。

已经是五月中旬了。

推开厚重的大门，如洗的碧空就一下子展现在眼前。希代子此前的纠结之情一扫而空，感觉心情舒畅极了。空气中的青草味儿让人感受到了初夏的来临。这时，朱里欢快的声音响起：

“是夏至的气息。”

“我也正这么想呢。”

希代子不由自主地回了一句。朱里好像有些难为情地笑了笑。屋顶上一个人都没有，两个人无所顾忌地伸开双腿坐着，完全不用担心被人看到内裤。她们交换过面包后就开始吃了起来。朱里的菠萝包是在一家非常有名的点心店里买的，面包带着水果的味道，里面还有翡翠色的奶油。这让希代子觉得自己用那个廉价的菠萝包与之交换真是太过意不去了。希代子如实向朱里说了自己的想法。朱里摇摇头说：“这是我爸的女友芽衣子听说我喜欢吃菠萝包才特意到那家全是高级点心的店里去买的，但是菠萝包就是普通的才好吃啊。只有日本才有菠萝包呢，就连巴黎或是纽约都没有呢。”

朱里的吃相不太好，面包屑一点点地掉了下来，但她却毫不在意。希代子对她没有言明的家庭情况产生了不可抑制的好奇。

“奥泽，你父亲是做什么的呀？”

“他是个摄影师，叫作奥泽英次。”朱里若无其事地说道，“他要去拍摄世界各国的报亭，我也跟他去了很多国家，所以我才没怎么在日本上学的。我爸爸和我妈妈很早以前离婚了，离婚后独居的妈妈让我进的这所学校。她是个非常热心教育的普通人，现在她再婚了，再婚后还有两个儿子。”

希代子开始感觉到头晕了。

“我爸爸？他还是单身呢。虽然他也很快就有了女朋友，但是他说已经厌倦结婚了。现在正和他交往的芽衣子是个模特。是个大美女哦！”

天空越发湛蓝，仿佛要使人深陷其中。父亲是摄影师，有个模特女友。父亲的女友买的菠萝包。巴黎和纽约。再婚的妈妈、毫无血缘关系的家人。全世界的报亭。

真了不起！太了不起了！这完全就是小说里的情节，就像《你好，忧愁》一样。

“好像在拍电影。”

希代子的身上开始微微冒汗。她像是突然有了一种眼前豁然开朗的感觉，这要比和森她们一起吃饭、聊天快活百倍。她在心里期望着午休时间越长越好，她想更多地了解这个人，还想去她家里见见她的摄影师父亲和他的女朋友。潜藏在她身体里的积极因子逐渐活跃了起来。

“我说，以后我们也像这样一起吃午饭吧！”

希代子像是忘掉了森和其他人一样大声说，生怕预备铃声掩盖了她的声音。

“好啊。”朱里微笑着说，“但不是每天都这样，只是有时候一起吃不行吗？我还想和其他人聊天呢。”

她的回答简单明了。希代子第一次遇见有人这样坦率地说出自己的要求。但是，不论她提出什么要求，希代子都只能答应。

#004

“妈妈，你听说过奥泽英次吗？”

当天晚上，妈妈刚一进门，希代子就急忙跑到门口问。希代子住的公寓距离祐天寺车站步行只要十分钟。妈妈将成城石井超市的购物袋递给希代子，然后一边在 HIROFU 的浅口女鞋中塞入干燥剂，一边连连点头称是。希代子的妈妈是目黑街区室内装饰商店的店长。

“是个摄影师吧？拍摄车站啦报亭之类的。”

妈妈回答得很干脆，希代子一下子跳了起来。

“是啊？我和那个人的女儿是同班同学呢！”

希代子和朱里吃了午餐到现在还不到八个小时，但她却完全成了奥泽英次迷。在“新媒体入门”课上，趁着老师不注意，希代子就在谷歌上搜索他的名字，竟然查到了十几万个结果。

妈妈并没有那么吃惊，她一边微笑着表示惊讶，一边继续听希代子说话。希代子的妈妈很能干，任何事情都能在短时间内迅速掌握。虽然她的工作很忙，但是家里仍然井井有条。她今晚也是八点半才回来，但到九点时就已经做好了晚饭。现在希代子的爸爸不在家，做起饭来的确轻松了不少。在商业公司的智囊团队任职的爸爸一年前去了迪拜工作。虽然有点儿对不起为了自己而努力工作的父亲，但希代子还是觉得，爸爸还是再在那里工作两年的好。她觉得和妈妈聊天更快乐，能够独占年轻貌美、魅力十足到令人骄傲的妈妈真是件喜事。

朱里现在在吃什么呢？希代子听说她和爸爸两个人住在神泉，当红摄影师一定很忙吧。朱里是不是要一个人做饭、一个人吃呢？要是能给她发个信息的话就能马上知道这一切了。想到这里，她不免为还没有手机的朱里而着急。现在班级里没有手机的学生寥寥无几。但就连这都让希代子觉得她就是与众不同。

“希代子，我怎么感觉又和你以前说起琉璃子时一样了呢。”

希代子红着脸对微笑的妈妈提出了抗议。琉璃子是在妈妈的店里打工的美术大学的博士研究生。因为妈妈很喜欢她，所以去年经常带她来家里。现在她正在忙着准备博士论文，因此辞了工，她们也不像从前那样时常见面了。

琉璃子并不是让人一瞥惊鸿的美女，但她就像是日本画中所描绘的美女一样，有着一张端正的瓜子脸。紫色眼影配上黑色长发，她的衣着大多色彩单一，因此看起来更显成熟。一旦被她那清凉的目光注视，希代子就会感觉自己聪明无比，是被选中的幸运女子。令人高兴的是，琉璃子的母校正是希代子现在就读的学校。她们能够一起兴高采烈地谈论老师和旧校舍等话题。有人能够和你拥有共同的话题是件令人感到自豪的事。

“希代子的画非常棒啊，你也考虑考虑报考美大吧。”

希代子在美术部画的自画像曾被琉璃子大加赞赏。

这天晚上，希代子给琉璃子发了信息。

我交了一个非常有趣的女孩子做朋友。她叫作奥泽朱里，是个非常有个性的人。而且她的父亲竟然是那个有名的摄影师……

她一定会明白希代子的这种兴奋之情的。

#005

希代子与朱里很快变得亲近起来。虽然她们还没有亲密到互相去家里拜访，但希代子已经将那设定为了最终目标。她总有一天要去朱里家里亲眼瞧瞧小说里才有的家庭。

希代子和住在神泉的朱里在涉谷会合后一起去上学。希代子很庆幸自己没有和住在町田的森约好一起乘车、会合的具体时间。

然而，朱里总是迟到，有时还会不来上学。所以，当希代子在经过井之头线的第二辆电车上看到朱里的笑脸时，她就会觉得这一天真是太幸运了。希代子只会在朱里来叫她时才会脱离自己的小群体与她一起吃饭。现在，她的那个小群体对此已经见怪不怪了。朱里会与各个小群体联系，希代子看在眼里却感觉有些难过。如果朱里只和希代子在一起会感觉无聊寂寥吧。

午休时，希代子看到朱里在和雅美等人一起打篮球；放学后，朱里又和保田一伙人一起画漫画，和出没图书馆的秀才星野一伙人一起做作业；还和喜欢亚文化的加斗乃理一起用 iPod 听相对论。希代子甚至还看到她和班级里最漂亮的恭子一伙人一起在车站前的麦当劳里看杂志，这真是让希代子感到震惊。

恭子虽然是外校考入的学生，但是班级里最受欢迎的一个。她是学年中数一数二的美女，擅长化妆，而且她的皮肤白皙清透，就连阿名都对她青睐有加。初中部直升的早坂、绫乃，外校考入的山下与舞子都是她的粉丝。

让恭子的地位更加稳固的是她的大学生男友。他会将车停在校外，然后大开着音乐等她放学。希代子的学校里很少有学生会有男朋友。单凭恭子有男朋友这一项就足以让其他人艳羡不已。

每当走出校门偷偷看到那个坐在驾驶位上的发色耀眼、带着主人公光环般的男人时，希代子就会有些心跳加速，她相信一定不只自己是这样。

“每次听到 EXILE[1] 时，我总感觉一切都消失了。”

会带着一脸白痴的表情皱眉说这些话的只有了解音乐的加斗乃理与娜娜她们。

朱里开始备受瞩目。她的国文与美术成绩斐然。希代子硬拉朱里进了同一个美术部。虽然朱里总是请假，但她只要稍微用心一点儿，画出的油画就极有感染力。她若无其事地旷课、迟到，但是每位老师却都对此避而不谈。比如，一向以严格而闻名的美术老师高木也很喜欢总是发言的朱里。或许正是因为这样，所以尽管朱里来去随意，但没有变成不良学生。

“你不来学校时都去干什么了？”

希代子曾经这样问过她。她嘿嘿一笑，高兴地回答说：“我

---

1 注：即放浪兄弟，日本实力天团。

会坐特快电车去片濑江之岛。”

希代子每天都会在下北沢车站的月台上聆听播音员的播报。假如误乘了朱里说的那辆特快电车，那就不能在学校那站下车了，因此她要仔细认真地听。

“喂，咱们乘坐特快电车去江之岛看海吧。平时海滩上人很少，我们可以溜达溜达。光是看着波浪我都会感觉非常自由快乐呢。”

希代子对朱里佩服得五体投地。翘课去看海——希代子觉得这句话就像是美妙的音乐或是宝石。

朱里不会发信息给希代子，但是会经常给她写信。因为希代子曾夸她信中画的四格漫画非常有趣，于是朱里就在一个封皮厚实的深蓝色笔记本上开始了连载。在征得朱里同意后，希代子将漫画拿去给森她们看。大家都很佩服朱里。不久，小道消息不胫而走，她的漫画立时在班里传阅开来。但是朱里却突然说：“我不喜欢义务劳动。”

说完，她便不再画了。

#006

“啊，真是疲倦啊。好困。”

“真不想去学校啊。”

希代子和朱里在清晨的下北泽车站的下行线月台上说说笑笑着。因为要去学校，所以她们要等慢车。不一会儿，她们身边就又多了几个同校的学生。朱里的眼里突然绽放出光彩。

“今天咱们翘课好不好啊。翘课吧！编舞练习什么的真是没意思，而且今天也没有美术课。”

广播声响起，慢车进站了。

“我也想呢，可是不行啊。”

希代子笑着催促朱里赶快上车，但是朱里仍旧笑眯眯地站在那里。希代子有些着急了，错过了这班电车就要迟到了，因为接下来进站的是开往片濑江之岛的特快列车。

“走吧，朱里。”

希代子猛地去拉朱里的手。朱里仍是笑着动也不动，她是打定主意要逃学了。对她来说，逃学根本没什么大不了，但那对于希代子来说却是件大事。虽然希代子很想像朱里一样度过自由自在的一天，但她却不会逃学。假如自己逃学去玩就真糟了。希代子的背上冒出了冷汗，她想要大声喊叫。逃学的话，学校会给妈妈打电话。就算在妈妈那里蒙混过了关，今天的编舞练习又要怎么办呢？没有了她，舞蹈能够顺利进行吗？那样会给大家添麻烦吧。

希代子很想偷偷离开朱里。

“请注意安全！不要强行上车！”

广播再次响起，再不快跑就要来不及了。只有一米的距离，一定要快跑上车。

朱里依然从容地微笑着。希代子终于发现，自己竟然丝毫没动。朱里并没有强迫自己，但是希代子却不能拒绝她的提议。

希代子并不想逃学，但她预感到假如她去了学校，她就会失去什么。

“吱——”滑道的摩擦声响起，电车门关闭了。短短的瞬间，月台仿佛变得像水族馆一样安静。希代子快要跳出来的心脏在猛烈地咕咚一声后最终平缓下来。月台上与她俩穿着同样制服的女学生全都不见了。

“太好了，希代子！这样我们就能一天都在一起了。”

朱里高兴地牵起希代子的手，一蹦一跳地说着。希代子露出意义不明的笑容。她眺望着自己本该已经乘坐去上学的电车逐渐远去、消失。在那之后，两个人很快就乘坐上了去往片濑江之岛的特快列车。这列车的确与希代子平日乘坐的电车不同。车上的乘客都是一副周末出游的打扮，而且车上人也很少。车上的座椅、扶手的颜色等也都是怀旧风格。

“这样的车厢是不是感觉很棒？”

朱里对希代子小声耳语着，就像是在对她说一个天大的秘密。她坐在蓝色的椅子上，显得很兴奋。希代子透过车窗看着那些已经司空见惯的风景在比平时快上几倍的速度下迅速消失，她很清楚要被带去一个陌生的世界了。

列车经过了希代子本该下车的学校附近的车站，希代子从没有像这样在特快列车上眺望过月台。小卖部与楼梯的位置看上去全都不一样了。在月台的人群中，她突然发现了和自己穿着同样制服的女学生。希代子泫然欲泣地盯着那些只在瞬间就远离自己的身影，她已经非常清楚地知道自己有多么守规矩，所么想要安安稳稳的生活。她无论如何都要回去。

“对不起，朱里。”希代子鼓起勇气对朱里说，“我在下一站下车。我要去学校，必须去！”

希代子拼命大喊，引得很多乘客朝她们这里张望。朱里似乎很吃惊，她盯着希代子看了一会儿后，表情明显在说无聊。她勉勉强强地小声说了句“知道了”。在到达下一个车站前的短短时间内，朱里和希代子都沉默了。

希代子是第一次在这个车站下车。这里是个半地下的车站，有一点儿冷飕飕的。希代子轻轻叹口气，等到电车刚一开门就马上冲上了月台。

“对不起！”

希代子转头看向电车里的朱里，讨好般地对她笑着点点头。

“孬种。”

车门关闭的瞬间，朱里清晰地说道。

希代子感觉脸颊发热。玻璃后面的朱里逐渐远去。她既没有笑，也没有朝希代子挥手，只是在看着希代子。朱里在用一种冷静而睿智的目光看着她，仿佛要看穿希代子这个人。

多亏在车站的全速奔跑，希代子总算没有迟到。

#007

第二天一早，当希代子在井之头线的月台上看到朱里时，她简直害怕得想哭。她觉得朱里一定还会说些更加过分的话。希代子觉得她说的话一定会使她变得自我厌弃。然而，朱里却若无其事地嘿嘿笑着向她问好。

“希代子，昨天我们自那之后就分开了。我到了江之岛倒是不错，但是我没钱，结果没出检票口——”

朱里怡然自得地笑着，像是完全没有发觉昨天早上她带给希代子多大的打击，随后又让希代子那一天的心情有多么糟糕。希代子面对朱里时的心情有些阴郁，就像是在笔洗中滴入了一滴墨汁。

期末考试前一周。希代子刚一进教室，很快就知道了同学们在为什么而“炸锅”了。森靠过来告诉她：

“听说绫乃看到奥泽坐着恭子男朋友的车走了。”

虽然森并没有坐上那辆车，但说起这个的她却似乎有些得意。

“啊？朱里和恭子的男朋友认识吗？”“谁知道啊！但是总不可能是他从车窗里看到朱里，然后就开始搭讪吧？”

森平时是个好人，但她说话相当犀利。的确，朱里并不是美女，那样光鲜亮丽的男人是不可能对她一见钟情的。但是，朱里有种特殊的魅力。虽然希代子断定朱里没有交过男朋友，但她也有可能随时交到男朋友。想到朱里的世界又要扩大，希代子的内心开始骚动起来。

“朱里呢？”

“谁——知——道——啊！”今天的森简直像换了个人一样地煞有介事般抑扬顿挫地道。

“刚刚她被恭子那帮人围着，不知被带到哪里去了。不知道她们会说什么呢，看起来大事不妙啊！”

为什么森会这么热衷于别人的事情呢，希代子感觉有些烦。

朱里在教室里的早会开始前和恭子一伙一起回来了。恭子板着脸，背脊挺直，像是要压下所有人好奇的目光。

希代子一边和朱里在屋顶上吃午饭，一边将那些积攒在心里的问题全都倒了出来。

朱里的一只手上拿着饭团，一脸茫然地歪着头。虽然她的便当大多是买现成的，但今天的却是她父亲的女朋友亲手做的。

“昨天早上恭子她们也问过这个了。就只是兜风而已，我们是昨天成为好朋友的。我这么说过了之后，大家就都说明白了。”

自尊心那么强的恭子肯定是不会接受这样的解释的，只不过是在那种场合下才会说明白了的吧。朱里这个人果然还是在某些地方有些脱线。

“我说，是那个人向你搭讪的吗？”

“啊，你说阿卓？”

朱里从容地说出恭子男朋友的名字，就好像他们两个是青梅竹马一样。

“不是啊。那辆车里不是总播放一些很棒的音乐嘛，所以我就去问问‘这是什么曲子’？还有，‘它会不会有点儿扰民啊’？就这样和他搭上话了。”

希代子想要责备朱里。她想说不要随便搭乘陌生人的车子，或者对她说不要和别人的男朋友玩耍，等等。然而，虽然她并不赞同朱里的做法，却觉得她很酷。希代子并不讨厌恭子，但是她也的确害怕早熟的恭子。恭子似乎把所有精力都放在了与男人交往上。她的男朋友能在短时间内就跟着朱里这样随性的人的步调走，这让希代子感觉十分痛快。

“我才不在意什么男孩子呢，真是太麻烦了。我也只是和阿卓兜了一个小时的风而已。他倒是问了我的邮箱地址，因为我没有手机嘛。”

朱里说着笑了起来，她的牙齿上还沾着芝麻。希代子也跟着笑了起来。原本以为是恭子她们赢了，现在她知道是自己想错了，希代子的心里一下子畅快起来。

#008

学期末最后一堂世界史课。

阿名没有讲课，而是在试听教室里给学生们放映了索菲亚·柯普拉导演的《玛丽·安托瓦内特》的电影DVD。

“期末考试的平均分数很不错，这个是对大家的奖励。而且你们也能学习一下法国大革命。”

“老师，我看过这个。超有意思！”

加斗乃理红着脸大喊起来。大家都被这部电影吸引住了。不算美女，却充满魅力的克里斯丁·达恩斯特；可爱的礼服；色彩丰富的点心；悲剧式王妃的末路——一切都令大家目眩。电影结束后，当教室里的灯光亮起时，所有的学生都是一副脸蛋红红的样子，每个人的嘴里都在说“真有趣”“好可爱”。

但只有朱里与众不同，她一出教室就一味地对电影展开了批评。

“今年的文化节上咱们要是弄个‘玛丽·安托瓦内特咖啡’之类的，大家一定都会同意吧。咱们可以穿上那些古装衣服，然后做个马卡龙什么的。还可以让老师也来帮忙，制作个法国年表贴在黑板上。”

那样似乎很有趣呢，希代子急忙表示同意。可是朱里却并不想和其他人一起做这个。

“索菲亚·柯普拉这个人我爸爸也提到过的。她是借助了她爸爸的实力才做了想做的事。这部电影里根本没有什么真正想要表达的东西。”

真正想要表达的东西——希代子偷偷看了看朱里的侧脸。朱里一定是很有主见的，但她有必要把自己的好恶全都说出来吗？要是她的想法能再圆滑一点儿就好了。希代子在羡慕朱里的同时也感觉有些疲惫。

#009

马上就要放暑假了。朱里提议去东急 hands 的画材专柜探险。

“我最喜欢那里了，那里什么都有！光是绘画的材料就有那么多种，很棒吧？我们就去找名字最奇怪的颜料，然后买下它吧。比如，勿忘我之蓝之类的。”

“那是什么？”

“好像是不要忘记草蓝色的意思，我在美术教室的色彩字典上看到的。”

朱里的奇怪回答引起了希代子的注意。她还没有去过朱里家，这可能和她们没有一起逃学那件事有关。想到这儿，希代子对还在说话的朱里的柔嫩脸颊以及她在屋顶上露出的白色双腿乃至一切都不确定起来。

尽管如此，朱里还是与其他学生有差别。就这样，希代子应邀在放学后绕了个远道。两个人在下北沢车站换乘井之头线来到了涩谷。在仿如夏季傍晚的暮霭中，两人走上了通向文化村的坡道，来到了东急 hands 超市。画材展示板上的确像朱里说的那样有用颜料或者蜡笔画出的波浪线。朱里丢下希代子，开始在这里来回转起来，处处都留下了她的欢声笑语。最后，希代子开始拼命去找勿忘我之蓝。

“哎呀，是希代子！”

清澈的声音响起，希代子回头看去，正是琉璃子。希代子大吃一惊。

“琉璃子！”

“怎么了？你是来找美术作业用的画材的吗？那位是你朋友？”

琉璃子穿着一件黑色高领坎袖衫，肩膀一览无余。她的挎包里放的素描本之类的东西似乎很沉，肩膀上被挎包带子勒住的地方已经变红了。她的衣服与她那莹白肌肤形成的鲜明对比仿佛一下子吸引住了希代子。

“你们认识？”

奶香味让希代子回了神。刚才还来回走的朱里已经站在了希代子身边。希代子以一副小大人的口气为她引以为豪的朋友和憧憬的对象彼此做了介绍。

“这位是美大的研究生琉璃子，以前在我妈妈的店里工作过。这位是我的同班同学，奥泽朱里。你忘啦，我之前和你说过的。她的爸爸是奥泽英次。”

在希代子说出奥泽英次名字的瞬间，琉璃子一贯冷静而知性的眼睛里突然浮现出明快的色彩。不知为什么，那让希代子感到有些憋闷。

“是这样啊！我还有你爸爸的写真集呢！我非常喜欢你父亲拍摄车站的角度。”

朱里丝毫不显紧张，她状似亲昵地歪着头，撒娇般地看向琉璃子，就像一只狡黠的小猫。

“琉璃子小姐，你是美大的研究生啊！呜哇！好想听你说说啊！我正在考虑要不要考美大呢。”

琉璃子说要请她们喝茶，朱里和希代子都高兴得跳了起来。朱里和琉璃子马上就要相携离开了，于是希代子慌忙握紧了好不容易才在蓝色架子上找到的勿忘我之蓝，然后她走向了收银台。为什么自己要买这个一支就要花费自己一顿午餐钱的颜料呢？——希代子的心里画上了问号。当希代子在一楼追上那两人时，她才知道朱里对颜料什么的已经不在意了。

当晚，当希代子躺在被窝里时，那支蓝色颜料已经被握得扭曲变形了。打开颜料盖后，希代子闻到了一股颜料的味道。本该是在放学后和两个最喜欢的人一起度过的美好时光，但不知为什么，希代子觉得心里乱糟糟的。琉璃子带她们去了咖啡馆。朱里和琉璃子始终在开心地聊着绘画或电影。她们两个太亲密了，所以自己可能有点儿嫉妒——希代子在自我分析后，总算弄清了自己的内心。

希代子觉得，勿忘我这种植物的颜色真是令人感到十分寂寞啊。

#010

朱里一点儿都不爱护画笔或是调色板。她穿的白色罩衣上弄得满是颜料。即便是这样，她也总是被高木老师夸奖，比如老师会夸她“构图精准”或者“用色好”。

今天是结业仪式。美术教室里没有别人，希代子和朱里正在忙着收拾要带回家的油画用具。幸好朱里在裙子里面穿了打底裤，她跨坐在椅子上，胸口贴着椅背，双腿叉开着与希代子聊着天。

“我正在想呢，要是我考进爸爸毕业的美大会不会很棒啊。”

美大——希代子将颜料所剩不多的颜料管从底部紧紧卷了起来。说实话，她在初中时也考虑过这个问题。但是，现在距离高考已经很近了，她要更现实一些了。希代子并不想一辈子都画画，只要将绘画作为兴趣持续下去就好。她现在也还不清楚以后想要做什么，她打算在大学四年的时间里慢慢去思考。

“琉璃子也说让我下次有空的时候去她大学玩呢。”

听到琉璃子的名字，希代子猛地一顿。朱里站起来走到了画架前，用手指按上了画架上已经干涸的颜料。

"就是上次咱们三个见面的那次。就在你离开的时候，我对琉璃子说还想见到她。因为我没有手机，所以请她写下了地址，然后我给她写了信。真高兴她很快就回信了！其实昨天我们两个还见面喝茶来着。"

朱里如同唱歌般用悦耳的声音说着。就像之前发生的所有事情一样，她完全不知道自己的话给希代子带来了多大的打击。其实，希代子几乎要从椅子上滑下来晕倒了。她想把颜料以及所有的一切都摔在地上，然后放声大哭。自己明明与琉璃子认识的时间更长，喜欢她的时间也更长。难道朱里懂能够随意操纵人心的咒语吗？

就这样，恼人的暑假开始了。

#011

朱里的家就在距离涉谷很近的神泉住宅区一角的公寓。

八月的一天，朱里打来了电话。

"来我家玩吗？这段时间我好无聊啊！"

希代子没想到就在自己已经遗忘时，梦想居然成真了。那时希代子刚刚和妈妈一起去看望了在迪拜的爸爸后回到国内，暑假前那件事带来的打击已经变淡了。

或许是因为在希代子乘坐电车时下了雷阵雨，全被打湿的沥青地面如同镜子一样映出了再次露面的太阳。树上的知了开始疯狂地叫了起来。

朱里家附近行人很少，这或许是因为刚下完雨。虽然是夏天，但这里给人的感觉却稍有些冷。高级住宅、office 风格的低矮建筑物完全没有一点儿生活气息。朱里正站在采用了绝妙螺旋状设计的公寓二楼对希代子挥着手。她似乎正在洗衣服，阳台上晾着白色的床单。

“真像是越南的雷阵雨啊，被雨淋到了吗？”

在雨后的夏季晴空下，朱里的脸颊软乎乎的，就像拉斐尔画中的天使一样。被雨打湿的路面开始升温，蒸发出一股甜香。

希代子坐电梯来到了朱里的家，她所期待的朱里的父亲并没有在家，家里只有朱里自己。不可否认，希代子有点儿失望。

“快来，快来！啊，我真是太高兴了！芽衣子也没来，一直是我一个人，真是太无聊了。”

朱里像是摇头摆尾的小狗一样欢快地说着。希代子把从妈妈那儿拿来的松饼与迪拜特产巧克力递给了朱里。她们走过了宽敞的客厅。朱里的家并没有希代子想象的那样豪华、精美，它就像是个宽敞的车库，只是用塞得满满的书架当作了墙壁。房子里弥漫着香烟与墨水的味道。与其说这里是住所，不如说这里更像是办公室，真是一个大煞风景的空间。两个人分别坐在长木桌的两端。木桌中央是装满烟蒂的烟灰缸，有的烟蒂上还带着鲜红的口红印，这让希代子微微一顿。

朱里并没有准备茶或点心，她只是很高兴地看着希代子。

"我说，迪拜怎么样？"

朱里比在学校里见到时还要单纯。她平时总是高高兴兴的，又对很多事情都漫不经心。或许正是因为她生活在这样一个成人的空间里，所以她才让自己像个小孩子，以求获得平衡吧——希代子突然想到了这些，但是她并没开口询问朱里。

外面响起了沙沙声。希代子看向窗外，外面又下起了大暴雨，雨点拍打着沥青路面。天空很快又染上了一层浅灰色。

"啊，不好！又下雨啦！我得把洗的衣服拿回来。"

朱里又跑向了阳台。

"要我帮忙吗？""不用，不用。你可以去我房间里看看书。就是后面那扇门。事先说明哦，我的房间里超脏的。"

留在客厅的希代子站起来，她很快打开了后面的那扇门。房间里有着浓郁的奶香，和朱里身上的味道非常像。或许是因为房间挂着红色窗帘，微暗的房间里一片粉色。但是，这里并不像是女孩子的房间。房间里的书多得吓人，到处都是摇摇晃晃的书塔，就连床和桌子都快找不到了。真像是朱里的房间啊——希代子微微笑了。希代子总算找了个地方坐了下来，一转头，她忽然发现了在高高的书塔底部的一本书，那是朱里过去连载漫画时用的笔记本。希代子记得这个深蓝色的厚本子。

“喂，这个能看吗？”

希代子对着半开的房门大喊，但没有人回答。她的喊声被哗哗的暴雨声遮盖住了。算了，反正之前都在班级里传阅过了，没什么不能看吧——希代子这样想着就翻开了从书塔下面抽出的笔记本。很快，她就看到了自己的名字。

希代子是个孬种。

这是那天朱里说过的话。

又像那天一样，希代子的背上冒出了冷汗。那种恐惧感再度复活了。

当我说逃学去看海时，她一副很羡慕的样子，所以我才邀请她的，没想到她却临阵脱逃了。比起自己的意志，她更在意别人的眼光，她只不过是在囹圄中憧憬着自由。

她一辈子都走不出现在这个圈子。

外面的暴雨就像是直接浇到了希代子的头顶。她情绪激动得就像洪水决堤一般，止也止不住。她手指颤抖地合上了笔记本。

希代子返回客厅，迅速地将笔记本装进了放在椅子上的Herve Chapelier包中。朱里可能会很快发现丢了东西，也可能不会记得这个本子。一个笔记本不见了的话，她应该不会找吧——希代子想要接着看下去。

朱里从阳台上抱着洗过的衣物回来了。她边打理着被雨水打湿的刘海儿，边走进了房间。

“哎呀，我屋子里果然没地方坐吧？”

笑着说话的朱里毫无恶意。希代子可以选择打朱里一顿，也可以选择质问她，但她只是微微笑了一下。两个人一边说着暑假里的事情，一边吃起了巧克力和松饼。

#012

当天晚上，希代子在床上反复地看着朱里的日记。日记上的每一页都在不断给她带来打击，但她的手却不能停止翻页。朱里画漫画的笔记本后来变成了她的心情杂记。这倒是很符合她的性格，她曾说过“笔记本最后都是要扔掉的，没什么大不了”。

希代子的名字此后再没出现过。笔记本中写的全是同学以及老师的坏话。如果其他人看了这些内容，她们大概也会像自己一样感到羞耻吧。希代子虽然觉得很痛苦，但她也觉得朱里真是一语中的。在厌恶朱里的同时，她又不得不佩服朱里的聪明与很好的表现力。

名村老师非常受学生喜爱。有闲工夫观察学生的脸色，还不如赶紧去约会呢。

恭子现在就像是位女王陛下。但是再过十年，她就会成为一个充满抱怨、喋喋不休的平凡主妇，甚至还会在博客上晒晒自己和爱犬的照片之类的。

学校好无聊，同学们也很无趣，课程也是一样。好想快点儿从这样的地方走出去，像爸爸一样自由自在地生活。

希代子盗读了朱里的内心，对于朱里给予自己亲爱的同学们的那些犀利的评价之言感同身受。虽然那会让自己感到空虚，但她心里那些微的阴暗情绪在不断滋生，挡也挡不住。笔记本上还写了森、雅美以及星野。希代子第一次看到有人这样说别人的坏话。

时间转瞬即逝。希代子从没这样熬过夜，最后，她终于明白了。

朱里理所当然地认为，除了她自己以外的所有人都是平庸之辈。这么一想，一切就都说得通了。朱里明明逃学却还是得到老师的偏爱；她能够和所有小群体来往；她能坐上恭子男朋友的车；她还能和琉璃子要好起来——过去希代子觉得这些都是因为朱里天生的魅力，但那些其实全都是她努力算计下才获得的。一切都是为了彰显与其他女孩子相比，她才更有个性、更加自由。

希代子想要惩罚朱里，她一定要让她受到与自己一样的伤害。但是，如果和朱里硬碰硬，希代子一定会受到更大的伤害，所以她要伺机而动，暗中周密地计划。

希代子并不恨朱里。她觉得，如果她能给朱里一些惩罚，那么或许她能使朱里变成一个普通的女孩子，一个会因为一点儿小事而感到心痛的女孩子。这才是对她最大的帮助。

为了以此来证明自己，在八月下旬到校日的那天，希代子把朱里带回了家。希代子的妈妈这天也休息，特意为她们准备了晚餐。希代子很担心朱里会在心里贬低自己最最喜爱的家，因此直到她们进门，她都很紧张。希代子妈妈似乎很喜欢初次见面的朱里。朱里叫希代子妈妈“美惠子阿姨”。

“因为结婚了就被人叫作某某孩子妈真是太奇怪了。”

“的确有人不喜欢被人这么称呼。”希代子妈妈赞同地点点头。朱里对希代子家的俄式炒牛肉赞不绝口。

#013

现在，四月时盛开的樱花树上深绿色的叶子正在随风摇曳。第二学期到来了，有一件事非常明显，那就是在暑假期间，班里的同学们都有了变化。通过假期的相互串门，之前带有小小的冒险而组建的各个小组的凝聚力陡然增强。每个人都为自己找到了明确的定位，做好了迎接稳定的校园生活的准备。

“奥泽最近很猖狂吧？”

体育课上，恭子突然和希代子说起话来。希代子开始并没有意识到她是在和自己说话，直到森转头看向自己时她才发觉。因为下雨，今天的体育课在体育馆进行。

美丽的恭子在征求希代子的认同。

“嗯——为什么这么说？”

希代子尽可能毫无所觉般地歪着头问道。

“你都没什么想法吗？你可真是心宽。立花，她可是最爱给你添麻烦的。那可是个无论自己做了什么都要别人原谅的家伙。

她最自私了。”

恭子带着一副因厌恶而扭曲的表情说道。她的内衣微微透了出来。希代子听说恭子和她男朋友在暑假里分手了，那大概和朱里坐了那人的车有关吧。恭子说得很对，希代子使劲儿点了点头。朱里太过自以为是，而希代子则要在和恭子说话时注意不要让恭子觉得自己土气，而且还要在意森的目光，等等。

“确实，她有时候是很急躁，还会摆出一副好像面包超人一样了不起的样子，就像她自己多漂亮似的。”

希代子小声嘀咕着，然后不由得“啊”了一声，就像是不小心说漏了嘴一样。那声音连希代子都不敢相信是自己发出的，那是电视剧里的反派才会发出的无情声音。然而，恭子盯着希代子看了一会儿后，突然睁大了已经修剪好的长眉毛下的眼睛，并且哈哈大笑地说：“希代子，难怪你受欢迎呢，你可真有意思啊。你一定是个好孩子。快来，快来，这孩子好有意思啊！”

恭子啪啪地拍着希代子的肩膀，扬声对早坂等人说道。早坂等人向希代子这边看了过来，那目光就像是在看相处多年的好朋友一样亲密。希代子的身体热了起来，她与圈子完全不同的恭子建立了联系——通过说朱里坏话的方式。希代子用目光寻找朱里，她正在稍远一点儿的地方，像小狗一样在独自玩球。她在来回地拍球、接球，拍球、接球。

感觉到有人在看她，朱里朝着希代子转过身，并且用力向她挥手。可希代子却没有任何表示。朱里的脸上满是惊诧，她不明所以地缩回了伸出的手。皮球在朱里的四周跳了几下，最后滚到了一边。

#014

希代子学校的文化节在十月开幕了，这要比其他学校举办得早。由于没有多少时间来准备，因此学生们对这一活动大有怨言。课外活动室里，学生们正在讨论班里文化节的演出节目。

“做个女仆咖啡厅不好吗？”

恭子派的绫乃高声说道。森怯怯地看着希代子。敢穿女仆装的只有对自己的仪表或是体形有自信的女生。

“小希有什么好意见？”

恭子突然转头对希代子说，所有同学都看向了希代子。恭子叫的是她硬给希代子取的昵称。希代子听到她在同学们面前这样叫她有些吃惊，她的身体也变得僵硬起来。

“那个。”

说什么都行，一定要说一个——在众人的注目下，希代子的脑中一片空白，她一边克制着自己，一边尽力在大脑中搜索回答。这时，她的脑中突然跳出了一个画面，那是上学期看电影时的一个画面。电影看完后，朱里曾经说过的话。

“叫玛丽·安托瓦内特咖啡厅？”

希代子的话出乎意料地获得了巨大反响。希代子觉得今天朱里缺席真是太好了，这样她才能够放心地把话说出来。

“以暑假前阿名老师给我们看的电影《玛丽·安托瓦内特》为题的咖啡厅。可以把法国革命的时间制作成年表贴在黑板上，这样老师或者家长们也会同意的。我们可以在教室里摆放上可爱的鞋子或者装饰些花朵，然后把我们制作的马卡龙或巧克力曲奇之类的点心连同红茶、咖啡等一起出售。纸杯、座位等都可以装饰一下。比如，同学们可以穿白色或是粉色的衬衫，然后再在上面缝上蕾丝花边或是纽扣。”

希代子就这样把朱里嗤之以鼻的想法一个个地说了出来。她说的时候一点儿都没感到不好意思，反而还觉得这样很好、很有趣。朱里为什么不说呢？

“好棒！小希，这主意真不错啊！”

恭子高声说道。恭子惯常的老成消失不见，她两颊绯红，眼中光辉闪烁。

“这个可以试试啊！”

“一定会非常可爱！”

在恭子之后，教室里接连不断地传来叫好声。所有人都在看着希代子。希代子身旁的森也吃惊地红着脸看着希代子。当希代子回过神时，她和恭子已经被选为了文化节的执行委员。她第一次体会到了这种从未有过的飞扬心情，她想放声大笑，她甚至想要抱住森或者是其他什么人。

尽管如此，希代子还是有所顾忌。她想，当朱里听说了文化节的演出节目时，当她知道这个提案是自己提出的时，她会怎么想呢？想到这儿，希代子那如气球般不断膨胀的内心感到一阵阵绞痛。

希代子的担心最终成了杞人忧天。在文化节到来的一个月里，朱里几乎没有来学校。

即便朱里来了，也大多不是迟到就是早退，根本没有时间和希代子一起聊天。希代子并不在意，因为她自己也很忙。希代子过上了她曾经梦想的校园生活。现在，全班的共同目标就是在文化节上取得成功，要做的事情堆积如山。她们要找商家定做恭子的设计式样，制作节目成员要穿的衬衫，然后再发给大家，并让她们自己缝制上蕾丝花边或者扣子。她们还要在网上搜索并下载商店里出售的马卡龙或曲奇饼的做法，然后交给负责烹调的星野等人去试做。

通过担任执行委员，希代子也和保田小组有了交流。

恭子向负责装饰的她们提出了很多细节上的要求。“太土了！这样子客人哪会过来啊！”“要更有咖啡馆的气氛！”——恭子对于保田小组严苛至极，但保田等人却丝毫没有怨言，她们平静地制作着招牌，画着宣传海报。她们不愧是平时就画漫画的人，不仅画得非常好，手也灵巧。她们为画面中的教室渲染上了粉色与水色，准确地呈现出店铺的华丽感。在希代子夸奖了她们后，她们的脸红彤彤的。在此期间，朱里既没有帮忙准备，也没有参与讨论，更没有出现过。恭子皱眉说道：

“算了。奥泽不参加。”

“机会来了”——希代子在心中暗笑。她知道一个引出别人对朱里更多不满的方法。

“那不是太可惜了吗？”

希代子在话中责怪着朱里。然后，恭子仿佛是受不了地说：“希代子你太温柔了。就是因为这样，朱里才会那么嚣张。”

恭子的眉头都皱在了一起。陆续有其他小组的成员聚了过来，奥泽朱里批斗会开始了。

“只有她一个人逃学。”

“太狡猾了，那天她一定会满不在乎地来参加活动。”

每次听到其他人说朱里的坏话，希代子就会觉得自己对朱里的怒气正在逐渐消减。心灵被净化后，她开始重新变回那个没有遇见朱里之前的健康、温柔的女孩子。希代子不会参与说坏话，她会引导别人去说，而她只喜欢听她们说。

#015

文化节即将开始前，朱里突然出现在了学校里，然后她突然向忙着做准备的希代子开口道："要我做什么吗？"

朱里低头看着在地板上用卷尺测量教室大小的希代子问道。希代子看看四周，一个人都没有。希代子开始生起气来，这就是她讨厌朱里的原因。因为最近她们都没见面，所以朱里的这种傲慢劲儿让她很是反感。工作并不是为某个人准备的。但是，希代子在心里已经决定不会当着朱里的面去刁难她。

"已经没事了，分工早都决定好了。谢谢你来帮忙。"

希代子微笑着闭上了嘴。能让朱里帮忙的事情就像小山一样多，但是，希代子并不想让她中途加入。如果她中途加入，她就会画出非常可爱的宣传画、搭配出很棒的衬衫，并且受到大家的瞩目。假如大家的怒气少了，朱里就又会融入班级中。

必须阻止她融入集体。因为大家都讨厌朱里，所以希代子才能从那种恶意中摆脱出来。

朱里浮现出一副无法理解的表情。

“可是，希代子你好像很累啊。说实在的，班级里弄的这些没意思的演出怎么样都无所谓的。恭子把一堆工作都推给了你，这不是让你忙不过来嘛！”

窗外的樱花树叶开始变色了。希代子看见了沙黄色的午后天空。

的确，恭子所做的衬衫设计、制作服务生制服、挑选点心清单等都是些看起来华丽又有趣的工作。希代子发现，自己做的全都是力气活以及调度工作。朱里说得很对。但是，希代子现在并不想去在意这些事情。

因为她现在已经是班级里的核心人物了。

#016

文化节当天，店铺盛况空前。在众多饮食店中，“玛丽咖啡厅”拔得头筹，大获好评。恭子小组的成员在家庭科教室里为希代子化了她人生中的第一个妆。大家一边吵闹着一边给希代子涂上了口红与睫毛膏。

“小希是个美女，不化妆真是可惜了。”

恭子像个大姐姐一样温柔地用毛刷刷过希代子的肌肤。化妆结束，镜子中出现的是一个五官清晰、带着成熟感的女孩子。虽然有点儿害羞，但希代子却很高兴。希代子一边被大家打趣着，一边系好了围裙带，然后戴上了皇冠造型的发饰。她要把托盘中放好的马卡龙送到教室去。明显抱着搭讪目的而来的男校学生们看见希代子后开始窃窃私语。教室门前已经排起了长队，希代子看见了妈妈和琉璃子。

“哎呀呀，是希代子啊！我都认不出是谁了呢。好可爱！不是吗？”

希代子妈妈虽然对希代子化妆一事莫衷一是，但她还是称赞了她们手工制作的演出服。这是希代子自七月之后与琉璃子的再会，希代子早已忘光了那一天的苦闷心情。琉璃子穿着黑色毛衣、围着围巾，一身秋装的她越发成熟、美丽。

“你们也去看看美术部的展览吧。啊，对了，那个招牌很可爱吧！”

看到如此兴奋的希代子，琉璃子稍稍有些吃惊。

“哇啊，真可爱。这些都是你们做的吗？”

随后，她夸张地吃惊道。然后她问：“朱里去哪儿了？我想见见她。”

#017

朱里今天穿了制服。她从头到尾都没有一点儿要参加文化节的意思。她的裙子规矩地遮住膝盖，那样子就像是保田小组的成员。但是朱里这个样子却让人感觉非常奇怪，她没有穿长筒袜，而是穿了厚实的深蓝色连裤袜，感觉很时髦。这突然让希代子觉得戴着华丽的发饰、穿着皱边儿 T 恤衫与带亮钻的凉拖的自己真是寒酸。

最终，希代子还是为琉璃子找到了朱里。希代子有些想哭又有点儿焦躁，她来回跑着去了朱里可能会在的地方，最后终于找到了在美术室旁边的准备室里看口袋书的朱里。希代子刚刚的高昂情绪已经荡然无存，取而代之的是满满的焦躁与不快。抱膝坐在那里的朱里轻蔑地斜睨着希代子，随后她合上了书。

“开咖啡馆这个主意，据说是你出的。”

朱里说道。希代子挺起胸膛，一副绝不服输的样子。攻击终于要开始了。

“不行吗？”

希代子声音颤抖地反问道。

“不是不行啊。只不过这都是我以前说过的，没想到你真这样做了。话说，你果真是喜欢那种烂电影啊！小希也是个普通人啊！”

走廊里传来了欢笑声，那是朱里所说的“普通”女孩子发出的笑声。希代子很适合那个地方。她才不想待在这种满是霉味的准备室里。面对一言不发的希代子，朱里似乎有些焦躁起来。

“希代子，你最近就像其他人一样，光顾着看别人脸色，人云亦云，随声附和。你变了，你都不怎么和我玩了。”

朱里站了起来，把手放在了希代子肩头。她的目光中带着依赖。希代子第一次看到这样的她。希代子有些宽慰。此时她并不觉得朱里可怜，反倒想让她再尝尝这种感觉。她甚至还想对她说，你也是要看别人脸色的。

“琉璃子正在找你呢。我还要准备，先走了。都交给别人去做可不好。朱里，你也该时常露下面的。拜拜！”

像是要从她拼命看着自己的双眼那里脱逃一般，希代子向着房门后退了一下。希代子刚刚退后，朱里就冷淡地摆了摆手。希代子很生气，朱里总是这样，她总能轻易让自己变成恶人。朱里朝着正要走掉的希代子喊道：“和别人一样有那么开心吗？”

希代子回头看见了正红着眼睛瞪着自己的朱里。她想起了朱里说她“孬种”的那个时候。虽然她同那时候一样大受打击，但是现在的她却想气愤地还击。她想抓住朱里狠狠地打她的脸，她想把她的头按在地上暴打一顿。她真的很想那样做。希代子要指责朱里，她要对朱里进行申斥，申斥她将除自己以外的人，不，是将与她意见不同的人全都视为平庸之辈。希代子默默地离开了房间。她下定了决心，她要惩罚朱里。如果她不做就没有人会做。

“今天结束后大家要去下北烤肉呢。小希，你会去吧？”

希代子回到教室后，恭子双臂抱胸地向她走过来说道。恭子比任何人都适合这件 T 恤衫，因为那就是她为自己量身设计的。但是，恭子曾经公开谈论过她的梦想，她是不会成为设计师的。虽然她在这种让自己看起来更美的技术方面很有天赋，但就像朱里所说的那样，那并不是她“真正想要表达的”。

#018

第二天，希代子早早地来到了学校，教室里还是文化节结束时的样子。

巨大的垃圾袋装得满满的，辛苦做成的招牌也倒在了地上，贴在墙壁上的海报、年表也掉了下来。真像是大革命刚刚结束后的凡尔赛宫——希代子想起了那个电影中的最后一幕。她用力吐了口气后，从包里拿出了那天以后一直被她藏在自家书桌里的朱里的日记。她蹲下身，将笔记本放在了地上。

今天一上午都要进行文化节后的清扫工作。

再过一个小时左右可能就会有人发现这个笔记本了。而且，她们会发现这就是在第一学期时朱里连载漫画的笔记本。继续读下去，她们就会发现她的日记。如果是别人的东西可能还不算什么，但这是现在正与全班同学疏远的朱里的日记，相信很快就会人人传阅了。希代子离开了教室，在走廊里不顾一切地奔跑。她看到她的凉拖上用胶粘的亮钻和蕾丝都要掉下来了。之后，希代子在美术室里集中精神收拾展览品。她没有勇气返回教室。在她从画框里取出画作、拆掉画板，然后把它们搬回准备室时，她的罪恶感逐渐减少了。那本日记原本就是放在那里的，是大咧咧的朱里自己落在教室里的。而她自己也忘了她丢了东西。就是这么回事——希代子一边给钉书器装书钉，一边这样对自己说。

或许那并不会引起多大的骚动。

就在希代子准备回教室时，准备室的门打开了。

是恭子。她从来不会来美术准备室，这间微暗的房间与美丽的她并不相称。希代子发现，恭子手上拿的就是那本日记。啊，计划成功了——希代子冷静地做出了判断。

“我会成为一个普通大妈，然后每天发微博动态来获得满足？”

恭子看着希代子说道。她的睫毛膏晕开，弄黑了眼睛四周。她总是说别人的坏话，但是却还没习惯被别人说吧。发生什么事了——希代子小声说着，抱住了气哼哼的恭子。只有她自己讨厌朱里的话，既花费力气又感觉孤独，既觉得愧疚又感到痛苦。但是今后不同了。

#019

日记在班里传阅了一遍，全班同学都看完这本日记也没用上一个星期。没有一个人因为觉得“看别人的日记不好”而阻止大家这么做，因为日记里几乎有班里所有人的名字。大家都在担心自己是不是也被记在了上面，所以拿到日记就疯狂地看了起来。随后，她们会皱着眉，现出一脸不快。她们看到讲述自己的内容时会感到受了伤，看到记述他人的内容时则会感觉到心安。

文化节让全班同学的凝聚力增强了，大家统一意见变得十分容易。时常用来联系的电子邮箱地址簿在这时派上了用场。

雅美的号啕大哭惊到了所有人。午休时的教室里，雅美突然扑簌簌地掉起了眼泪。很难相信爽朗的她竟会这样大哭。在她身边的小满与今井把手放在她的肩头，安慰地说着“别在意了”“奥泽她是个怪人啦”，等等。雅美始终皱眉哭泣着，她一脸痛苦难耐的表情，就像是在社团活动中绕着校园跑了几圈之后的样子。雅美开始抽泣起来，这个情景让希代子感悟到班级是一个整体。

我们要孤立奥泽朱里。即便我们去阿名那里告状，她也绝对会说是我们做了错事。如果我们不能孤立朱里，她就始终都不会意识到她做了错事。与此同时，当她反省并端正了态度后，我们就马上让她加入我们的团体中。

当晚，希代子给班里有手机的所有学生都发了短信。在按下“发送”键的一刻，希代子稍微犹豫了一下。那种覆水难收的感觉带来的不安与兴奋是她从未体会过的。当她发现这就像是在第一学期朱里拉她去坐快车时的感觉时，她正好收到了恭子发来的短信：“赞同！你说得太对了！不愧是小希。”一个个短信就像萤火虫般不断发送到希代子这里，直到深夜。

#020

到了十一月，白天变短了，参加社团活动的学生们也提早结束了练习，不再像春夏时那样有活力了。上课时把披肩搭在膝盖上的学生也多了起来。

全班开始孤立朱里已经一个月了，至今还没有取得什么成果。

朱里依然正大光明地迟到与早退，依然被她所擅长的科目的老师所喜爱。中午她独自在屋顶吃饭，丝毫没有寂寞之感。班主任阿名也似乎没有注意到大家在孤立朱里——原本朱里也并没有与谁结成小组。恭子小组的成员们和希代子在露天咖啡厅里说起了这件事。

“不行啊。孤立她什么的根本不能让她明白她都做了什么。”

早坂皱着眉说道。

“小希，你有什么好主意吗？”

恭子状似无聊地把玩着吸管。希代子也在孤立朱里的事情上感觉到了疲惫。自从文化节那天开始，朱里再没有和她说过话，仅仅是向她投来无数次欲言又止的目光。朱里是在等待希代子屈服，主动和她说话。希代子当然不会那样做。希代子并不憎恨朱里，她只是希望朱里能够反省。想到这里，她突然冒出了疑问，朱里为什么要反省呢？因为她被老师喜爱？因为她去过纽约？因为她没参加学校活动？因为她在日记里写了同学的坏话？

那么，日记里必须夸奖别人吗？日记本来也不是拿来读给别人听的。朱里本来也不知道大家看了她的日记。朱里根本不应该道歉——希代子终于意识到她们的无声抗议毫无道理。对像朱里那样的女孩子，运用毫无道理而且无声的抗议根本是徒劳无功的。不仅如此，这还让已经信赖自己、成为自己臂膀的恭子也开始对这场战斗感到了厌烦。

“强化女孩子间的友情是不错，但我们是不是也该想想别的了？”

希代子听到了绫乃的话。男校的文化节要开始了，绫乃要和大家去那里就是为了能和男生搭讪。等她交到了男朋友，她才不会管朱里是不是会反省。这件事情一定要尽快解决。

#021

一星期后，那本日记放在了朱里的书桌上。希代子觉得这样还不够，她比平时早到了学校，在美术室里用美工刀把日记本划得粉碎。

普通美工刀没办法刺破厚实的封皮。希代子就用两手握住美术室里最大的美工刀，倾身将刀刃用力刺入了固定在工作台上的日记本。希代子额头冒了汗，她的手上留下了铁的味道。在无人的美术室里，她一边费力地勉强移动着美工刀，一边想：

对，我一直就想这么做。

为什么在夏天时，自己没有当着朱里的面把这本日记撕碎呢？假如当时能把这本日记撕碎，然后让朱里看到以后哭出来就好了。如果朱里发现希代子偷看了她的日记，那么希代子可能会被看作是一个可怕的怪女人。虽然自己随后就会被擅长辩论的朱里攻击，但是事情不会发展到像今天这样复杂。当着本人的面撕掉日记与把日记划碎放在她的桌子上截然不同。希代子其实很想赌上自己的尊严与朱里认真决一高下，但为时已晚。

预备铃响了，同学们陆续走入了教室。朱里也来了。今天有美术课，她不可能不来。朱里走到书桌前停了下来，她四周的女孩子们也发现了情况，全都闭上了嘴。整个班级鸦雀无声。大家屏住呼吸，目光看向朱里与日记。朱里沉默了一会儿后低头看了看那个日记本。不一会儿，她慢慢蹲了下来。希代子等人以为她蹲下的地方可能有什么东西，于是连忙探身去看。但是，那里什么都没有。朱里只是蹲在那里悄声地哭泣着。

看到朱里潸然泪下的样子，全班同学都感觉有些过意不去。希代子感觉这几个月拴住自己的沉重枷锁突然卸掉了。太好了——她想，朱里终于变成了普通女孩子，这样她就和自己一样了。今后她们再也不用故意孤立她，对她进行攻击了，可以原谅她了。希代子冲出远远围观朱里的人群，主动向朱里说道：

“喂！”

希代子很久没有这么近距离地看着朱里了。她比以前瘦了，眼睛四周都凹陷了下去。她再也不像婴儿那样天真无邪了。朱里不是美女也并不丑陋，这个长相极为普通的女孩子因恐惧而睁开了双眼，她正盯着希代子。希代子打算温柔地与她说话。

你知道错了就好。

“别碰我！”

班级里一片死寂，朱里尖叫道。

“既然你那么讨厌我，你就别管我！赶快把我忘了啊！”

希代子吃惊地看着曾经的朋友像只野兽一样毫无保留地大叫。

“这本日记是你在我家偷的吧！因为恨我？因为我不是你想象的那样？”

朱里一口咬定地说完后，她的两手猛地用力按住了希代子的肩膀。随后，她把日记抱在胸前，义无反顾地小跑出了教室。

“怎么回事啊，好可怕啊！”

有人带着明快的声音说道，却只是引起了一阵稀稀拉拉的笑声。

从那天开始，朱里再没有来上学。

#022

“听说朱里的妈妈来学校了……就是、就是再婚的那个……奥泽英次先生的前妻。我听说朱里被你欺负了。”

希代子妈妈坐在客厅的桌子旁，她被叫去了学校，大概是从班主任阿名那里听说了事情的始末。希代子刚刚进门就察觉到今天的气氛有些不对。她羞愧难当，浑身发烫。自己让妈妈失望了。接着妈妈就要带自己去朱里家了，她们母女俩都要给朱里赔礼道歉。

但接下来妈妈说的话却让希代子一下子抬起了头。

“妈妈也不喜欢那孩子。”

希代子吃惊地张大了嘴。妈妈愤愤不平地飞快说着，那语速就像在说绕口令。她像是想起了要做什么似的赶忙跑去厨房戴上了围裙。

“朱里并不是个坏孩子，但是她不礼貌，而且对大人也不用敬语。她还叫我美惠子，真是吓了我一跳。鞋子也没有在门口摆放好，吃饭掉得到处都是，说起话来总是她自己。她这个样子就算是在学校也是不行的。”

妈妈一边说着，手上一边忙活着。她撕破装着青椒的玻璃纸袋，掏出了里面装着的蔬菜。怎么回事啊？到底发生了什么事啊？希代子原本以为妈妈是喜欢朱里的。然而没想到她却在瞬间就把朱里看作了是自己女儿的敌人。希代子摇摇晃晃地进了厨房。

“希代子，大家一起孤立她的确不是好办法，我觉得你还有更好的与那孩子来往的方法。不过，老师对妈妈说了那件事后妈妈就明白了。”

妈妈的手搭在了希代子肩上。

“妈妈在像你们这么大的时候也曾有过很多类似的矛盾，所以我很理解你的心情。我听说日记的事了。你拿走日记是不对的。你肯定是觉得她会认为是自己把日记丢在了教室里，然后被谁捡到的，是吗？”

希代子有些不知所措。

“但是，妈妈也觉得那孩子有很多应该反省的地方。下次家长会上我会好好和老师讲的。有必要的话，我也会和她的家长好好说说。”

就这样，谈话结束了，妈妈似乎并没有打算让希代子去道歉。希代子觉得妈妈像是一位自己并不熟悉的女性。

#023

第二天的师生座谈会上，阿名宣布：“明天停课一天，我要和大家谈谈。”

闹哄哄的教室突然安静了下来。

“是关于奥泽朱里同学的事情。她已经对父母说不想再来学校了。如果大家知道些什么，我想请你们明天说一说。今天大家回去后仔细想想你们应该做什么、不应该做什么。我也需要反省。学年主任濑川老师明天也会来。”

阿名的脸上不再挂着平时那样温柔娴静的笑容，她严肃的表情看上去让她老了十岁。濑川老师五十多岁，是教授古典文学的女老师。她拥有立刻抓住问题核心的洞察力和指导力，大家都对她敬畏有加。阿名刚刚走出教室，教室里一下子就沸腾起来。恭子一伙儿胆怯地聚在一起，悄声说着话。

希代子勉强做出了一副无所谓的样子。她想，好久没和森一起回去了，今天就和森一起走到车站后再回家吧。这样一来，她就又能回到从前了。朱里的日记是大家传阅的，是全班同学的责任，被全班同学讨厌是朱里自己的原因。她所要承担的责任是二十七分之一。那就像是沙砾一样微不足道。

“真是没道理啊。因为奥泽，咱们还要开个特别法庭。”

回家的路上，希代子高声说道。希代子发现走在身旁的森一直都是“啊”“嗯”地敷衍着回应她，一路上都是她自己在说话。胆小的森一定是在为明天的事情而不安。她只不过是对朱里不理不睬而已，根本不会摊上什么责任。我明明才是更加危险的——希代子暗暗咂嘴。

看见车站了，两个人的对话马上就要结束了。

“那个，最近忙着筹备文化节，根本没时间和你玩。我们再找机会去 K 歌吧！”

也许在明天的公审后，希代子就要成为第二个朱里了。她无论如何也想和某个人联系在一起。

森突然停下来看着希代子。

“希代子你太狡猾了，只有这种时候你才会想到我。”

森表情扭曲，眼睛红红地说道。希代子沉默了。

“你一直都觉得我无所谓。自从你和奥泽认识以后，你还找我一起回过家吗？就算是吃午饭也会在中途开溜！你厌倦了奥泽以后就又和恭子待在一起了。也就是说，你和我在一起感觉很无聊，是吧？”

森像是用尽了全身力气般地最后大声道：

“明天你肯定是要倒霉了。大家都是这么说的！”

#024

第二天，胃里的钝痛叫醒了希代子。希代子并没有睡好，她不想去学校。但是，妈妈似乎已经接到了学校的通知。在门口送女儿出门时，她以职业女性的简洁语气说道：

“希代子，我知道你会很痛苦，但是你一定要勇敢。无论发生什么，妈妈都会支持你。”

妈妈真是善变——希代子一边穿鞋，一边难过地想。她明明说过朱里不好的——希代子真想直接跳下月台卧轨算了。但她并没有那样做，她反而搭乘了那辆特快电车，她还想看些东西。有了这样的想法后，逃学根本不算什么了。

#025

刚下了电车，希代子就闻到了一股麦当劳的薯条味，这把她吓了一跳。这是片濑江之岛站，她原以为会马上闻到海潮的气息。就像朱里曾经说过的那样，这个车站的形状像个龙宫。这是希代子在走了几步之后回头看时才发现的。

工作日的江之岛要比自己想象的还闲适。希代子穿过马路去向沙滩。她走下低矮的水泥台阶，很快鞋子里就已经满是沙子了。希代子一边弄净鞋里的沙子，一边走向海边。今天是阴天，但仍能看到波涛中三三两两的冲浪者。沙滩上没有人迹，只有海草。希代子拾起一块浮木，拖着它走了一会儿。她感觉脸颊发紧，伸出舌头舔了舔，很咸。她的头发也被海风吹得随风乱舞。很快感到厌倦的希代子扔掉浮木，坐在了海滩上。她不介意弄脏裙子。

现在，希代子坦率地承认了自己心中的想法。

太没意思了。

朱里一个人来这样的地方究竟有什么意思呢？她想。这里太寂寞了，令人不舒服。说实话，在家里发呆看电视都要比在这里好。朱里一定是在这样的荒凉景色中体味自己内心的感触吧。但希代子没有任何感触。

“啊，对啊！”

她突然叫了一声，她的嘴里也马上尝到了咸味。

朱里和希代子是不同的人，她们不可能拥有相同的感受。不仅是朱里，恭子、森、保田、雅美，每个同学都是如此。即便大家看了相同的事物，也不可能会产生同样的感受。

希代子觉得和大家一起攻击朱里，她们就会变得一样，这是错误的。大家其实各有各的想法，只是都被带入了这个巨大的洪流中。

这么简单的事情为什么在来到这么远的地方后才发现呢？

眼前的无边冬海兀自暗了下来。海面上阴沉的蓝色就像希代子曾经和朱里一起买的“勿忘我之蓝”。

就像希代子无法成为朱里一样，朱里也无法成为希代子。她们其实都没必要受到伤害。也许直到朱里长大成人也不会忘记希代子所做的一切。事情再也无可挽回，而希代子也再不会独自一人来到工作日的海边。

希代子站了起来，她掸掉了沾在裙子上的沙。风猛地刮过，身体冷得发疼。只能回去了，妈妈还在等着自己。

#026

即便是罪犯也会有人为他备好生存之路，即便从今以后完全变成了无足轻重的存在。希代子的校园生活仍要继续。

那天，希代子背弃了全班同学，她逃学了。希代子盗取朱里的日记、让同学们传阅日记、预谋孤立朱里等一切被大肆夸张地宣扬，谣言在学校里漫天飞。

希代子打算要一直学习直到毕业。她放弃了交朋友。

即便是在这种情况下也要为无条件爱着自己的妈妈活下去——这是希代子的决定。森也与希代子疏远了。她似乎和隔壁班的同学成了朋友，现在大多不在教室里待着了。在那天的审查会上，被濑川老师申斥过的恭子明目张胆、大张旗鼓地不再理睬希代子了。希代子退出了美术部，现在已经没有与她亲近的成员了，就连琉璃子也去柏林留学了。

一年级上完后，希代子开始去自由之丘补习学校上课。学校的选修课她本来可以选择美术，但希代子却选择了地理。她不再和任何人一起玩，也不再热心学校的活动，她只是一个劲儿地背英语单词，看古文活用表。她不再与他人联系，戴起了厚实的眼镜。因为她总是一边学习一边吃甜点，所以她的体重也增加了五公斤，就连走上车站那低矮的台阶也会感觉呼吸困难。升上二年级后，希代子与朱里不再同班。虽然没有人孤立朱里，但她依然不怎么来学校，总是一个人活动。希代子看到了，觉得朱里也许就是与众不同。

希代子开始受到仍在同一班级的星野的邀请。星野打算建立一个新的秀才组，因此在拼命招募成绩好的学生。就算是凑人数也好，希代子很感谢她将自己从独自一人的悲惨境地中解放出来，因此努力与她在一起。

星野总是在说学习，总是在与别人比较成绩的高低。希代子觉得她对人际关系之类的或许不感兴趣，但是，星野偶尔也会问希代子一些出乎意料的问题。

“喂，你为什么那么做？”

希代子露出暧昧不明的笑容。

"我也讨厌朱里，但是应该会有更好的方法的。你很聪明的，为什么要那么做啊？"

星野并没有生气。她眼瞳中放出的光彩与挑战数学题时并无两样。星野坚信任何事情都有答案。

"不知道。"

像她一样的人一辈子都无法明白吧，希代子缓慢地回答道。

"我不知道。但是，那个时候觉得只能那样做。"

#027

大概是一个劲儿学习，转眼间就要毕业了。希代子考入了某所知名国立大学的文科二表。学校里近五年都没有人考入过那所大学，在被告知考试结果的那一刻，接听电话的妈妈哭了。

成绩公布的第二天要到校。昨天得知成绩的人似乎很多，因此今天学校里非常热闹。希代子进入教室时，星野正在毫无顾忌地大哭，小组里的成员正在安慰着她。她的第一志愿落榜了。希代子不知道该说什么，于是悄悄地离开了教室。她打算去向班主任与各科老师报喜，然后向他们表示感谢。希代子穿过走廊，走向教师办公室，正好看到了刚刚从办公室里出来的朱里。

朱里的头发长了，留起了浓黑的刘海儿。她的制服穿得一丝不苟，但看起来却十分洒脱，难怪会有低年级学生崇拜她了。她也是来报喜的吧。是考上了哪所美术大学吗？

希代子不再害怕与她擦肩而过。这两年里，她们两个都能自然而然地将对方当作空气一样视而不见，这项本领希代子已经练得炉火纯青。希代子像平时一样避开朱里的目光走过她身边。就在那一瞬间，希代子好像听见朱里咕哝了一句什么。

“恭喜。”

希代子吃惊地转回身，朱里已经黑发飘摇地走远了。

那是怎么回事啊？

希代子一边慢悠悠地走在通往车站的路上，一边还在想着那件事。再走上几步，自己也要和这条路道别了。这条路也会为自己昨天考上了大学而道贺吗？

希代子到了车站，检票口打开了。中学开始就在施工的这个车站至今仍没有完工。希代子很难想象这里的白色挡板被拆掉，新车站诞生的那天会在何时到来。不对——上着楼梯的希代子突然想到。

也许这里的工程永远不会结束。在她上高一时，她曾经想过在她毕业时这个车站就能建成了，而那时的自己也已经成为干脆的大人。但是，如今的希代子并没有变得干脆，不仅如此，她甚至要比那时更加心事重重。不仅希代子是，这个车站是，全班同学是，朱里也是，大家都还没有最终完成。即便是阿名、妈妈与琉璃子，也只是处在成长阶段。

上完楼梯，运动不足的希代子额头上冒了汗。月台上刮着大风，她感觉很冷。虽然现在是早春，但红色的夕阳却好似在安慰众人般洒下温柔、和暖的光。

朱里会原谅希代子吗？

不，她并不是那么温柔的女孩子。她还会像平常那样随性而为。那段时间里，大家都受到了伤害。

真像傻瓜一样——希代子不由自主地偷笑了起来。

对面月台上瓷白色的特快列车到站了。透过窗子，希代子看着车上稀稀拉拉的乘客出现又消失，感觉像是在看漫画。电车带起的风微微吹到了她的左脸。当最后一辆电车开走后，月台突然沉寂了下来。希代子清楚地感觉到自己的身体放松了。

她转身，久久地眺望着小田急线电车，那列车会开往那片海吧！

甘夏 | 甜夏

#001

要是被发现就要被停学了。不但不能对父母说，同样也不能告诉同学，就算是希代子也不能说。

森奈津子有生以来第一次拥有了一个天大的秘密，她带着这个秘密晕乎乎地下了公交车。

阳光穿过路旁林荫树的空隙射了进来，很是刺眼。森不由自主地用手挡住了额头，从她纯棉连衣裙的胸口处钻出一股防晒霜的甜香。她比照着“PS”化妆特辑化了一个浓妆，感觉自己脸上有些发烧。她想，要是能让自己看起来再成熟一点儿就好了。

车站前面不远的“昂内缇”是这里最大的市民游泳池。这个游泳池利用邻近的垃圾处理厂燃烧垃圾产生的热量，因此市民整年都能享受到温水泳池带来的乐趣——它的主页上是这么介绍的。森曾经带着一树来过这里两三次。自从一树准备考高中开始，他们就渐渐疏远了。

连接入口的是几级低矮的台阶，第一级台阶上已经有几个晒黑的小学生等在那里了。为了能在第一时间冲入游泳馆，他们正着迷地玩着DS。奈津子走过写着“九点开馆”的告示牌，自动门就向左右打开了，混杂着氯水与汗味的湿气扑面而来。

森的面前就是收款台，柜台后面突然出现了一个年轻人。他在泳衣外面披了件黄色的防水服，茶色的头发打理得很时髦，像是正要去玩的样子。奈津子向他问了好。

“那个，我们还有二十分钟开馆……”

男子一副为难的表情说着，并细细地端详着奈津子。

“我……那个……”

奈津子的脸在发烧，她没办法顺畅地说话。她很在意对方裸露的胸和颈部。在世田谷初高中连读的私立女校里待了三年多，奈津子交谈过的异性总共只有她当公务员的父亲、一树和园艺部的顾问——五十岁的野间老师。

“啊！你是来打工的？”

不等奈津子回答，男子已经朝着柜台里面喊了起来。

“经理，快来！她像是来打工的。”

一个三十多岁、脸晒得黝黑的高个子男人很快出现了，他穿着黄色的短袖运动衫和运动短裤。他的打扮很平常，奈津子松了口气。年轻人很快就离开了。

“今后给您添麻烦了，我是森奈津子。”“啊，好的好的。你是高中生啊？我是经理伊达。那个，你是铃木经理面试的吧，我听说了。”

经理略略点点头，从柜台后面走了出来。他审视般地把奈津子从头到脚看了一遍。奈津子很不习惯他的这种目光，平时她所接触到的大人都是温柔又体贴的。经理推开了柜台旁写着“员工专用”字样的房门。

“这是休息室，你在这儿吃中饭吧。”

刚一进门，屋子里的烟味儿就让奈津子皱起了眉头。房间中央的桌子上全是没吃完的点心，墙壁上则贴满了轮值表和水质检查表之类的东西。奈津子坐在了经理指给她的座位上。

“每周三天，每天五小时。八月份全月……在这打工可不怎么赚钱哦？”

经理坐在了奈津子对面，他一边看着手上奈津子的简历，一边确认般地说道。

“啊，是的。没关系。”

“从家坐车到町田车站，再步行十分钟吗？你是坐公交车到这里的吧，要多久？”

“三十分钟左右……”

如果离家太近了会被家里人发现的。

“你上的是私立贵族女校啊。我最后再问一个问题，你可以打工吗？”

经理冷静而不解的目光落在了奈津子身上。奈津子偷偷拿着父母的银行印章加盖了保证人印章，还模仿父母的笔迹签了名。

“学校方面因为我家的情况，特别允许我打工。”

没想到奈津子竟然很流利地说出了阿光教她的话。

“我爸爸下岗了……那个，家里现在经济困难。我希望能够尽我所能帮帮家里。”

奈津子眼前浮现出了刚才早餐时还在嚼着吐司的爸爸的笑容，她产生了一种罪恶感。

“哎呀，是这样啊，真是抱歉啦！是我多嘴了。”经理慌忙岔开话题站了起来。

“开馆前我先带你大概转转。”

经理推开了与来时方向相反的另一扇门，奈津子紧跟在经理背后。同时，她心里充满了对阿光的感激。虽然她们几乎没怎么说话，但是她却发来了短信说：

森，今天你就要开始打工了吧。开始你可能会手忙脚乱，挨骂也是不可避免的。不管别人说了什么都不能灰心哦！加油——！

她比希代子更像是自己的好友。

大门通到淋浴室前面。经理脱掉凉鞋，啪嗒啪嗒地走向了游泳池。奈津子从没看过营业前的游泳池。再次看看这里，奈津子发现，这里有着公立游泳池不可企及的完备设备。淋浴室、桑拿房、泡泡浴等应有尽有。暖房里的游泳池宽敞又洁净。游泳池的直径有十米，中央有用棕榈树与扶桑花围成的花坛。有分成五条泳道的二十五米泳池、水上滑梯，还有儿童专用的小型圆形泳池。五台监视器监控这里。从一面玻璃墙射入的阳光让池水闪闪发光。水光反射到高高的天花板上，瞬间让奈津子觉得自己仿佛是在水底一般。

“怎么，那个女人很可爱吗？”

“才没有，我是觉得她比较奇怪吧，下次不联系了。”

一阵笑声传来，奈津子这才回过神。淋浴间里一窝蜂似的出现了五个穿泳装的男子，其中一个是在柜台时见到的那个人。他的头发贴在了前额上，肌肤上还泛着水光。他们都没怎么在意奈津子。奈津子很在意他们所说的“奇怪”，于是低下了头。经理的声音此时响了起来：

“他们是在这里打工的大学生，他们都参加过救生员相关资格考试。这里的工作虽然简单，但是全是男性的话，当然也会有些照顾不到的地方。你负责巡视女更衣室与淋浴间，还有暖房的清扫以及监管儿童游泳池。最近有些小孩总会趁着大人不注意就钻进或是掉进成人泳池，因此而受伤的孩子在不断增多。”

“是，我会努力工作的！”

奈津子用力点头道。她的记性并不差，而且因为照顾过一树，所以她也能应付得了小孩子。经理伸手递给奈津子一个纸袋。

“好吧。你去更衣室换上泳衣，然后再穿上这个。要把哨子戴在脖子上。”

“哎，只有件防水外套吗？”

奈津子看了眼袋子里面吃惊地说。因为面试时只说了让带泳衣，所以奈津子以为这里还会下发保洁制服呢。

“是啊，有问题吗？”“没有……”

奈津子无可奈何地接过了防水服，走入了更衣室。她就近打开了一个置物柜，从头顶脱下了连衣裙。奈津子从她的塑料包中拿出了泳衣，这是初中上课外班时使用的校内泳衣。奈津子觉得要是再拿件更可爱的泳衣来就好了。泳衣十分贴身，即使双脚用力踩踏也不会松脱。防水服对于身材娇小的奈津子来说有些过大，它完全遮住了奈津子的臀部，这倒让奈津子松了口气。

“你是谁？”

一个冷淡的声音对奈津子说道。奈津子转头，与正在给观赏植物浇水、穿着保洁制服的清洁工大婶目光相对。她是什么时候站在这里的？想到她可能看到了自己的身体，奈津子感到有些不好意思。奈津子偷眼看到了她被三角巾包裹的前额上露出的斑驳白发。这位大婶的表情可怕，不知为何让奈津子联想到了癞蛤蟆。

“我是今天开始来打工的。”

“是这样啊。你化妆了吧，请把妆卸了吧。防晒霜也不能抹。”保洁员用严厉的口吻说道，“赶快去那边的浴室洗掉。我会看着你的。快点儿。”

保洁员抓着奈津子的胳膊，将她拽到更衣室外的淋浴间。

“室内游泳池里就连顾客都禁止使用防晒霜。真是的，你都在想什么啊！”

“对不起。”

奈津子红着脸拧开了淋浴器的开关。洗澡水非常热，奈津子差点儿惨叫出来，但她还是忍住了。在别人的注视下洗澡让奈津子感觉很难为情。淋湿的泳衣要到哪里弄干呢？如果晾在家里的阳台上，妈妈一定会怀疑的。这件事能够瞒过一个夏天吗？乳白色的洗澡水流进了排水沟。

我要在夏天改变！

准备期末考试时，奈津子突然做出了这样的决定。她决定要去冒险，体验同学们都没有过的经历，然后在第二学期变身为成熟的女孩子。奈津子在世界史笔记本的一角上做着计划，最终，她决定要在暑假里打工。这样既能和男孩子说话，又能锻炼胆量，或许自己还能交到男朋友。如果不这样做的话，自己永远和别人没什么两样。大家都没有发现，奈津子是敢想敢做的类型。

进入高中后，班级里突然出现了阶级制度。现在，班级里的红人们压制了朴实派，以有男朋友的恭子为中心的漂亮女孩子们总是信心满满。第一学期里，奈津子每天都切实地感受到了自己阶级地位的低下。而且，就连她的好友希代子最近都对她很冷淡。希代子和外校考入的奥泽朱里迅速亲密起来。听说奥泽朱里是名人的女儿，任性又去过纽约，希代子完全被她吸引住了。

虽然奈津子对此很生气，但奥泽朱里的确具有特别的能力。虽然她并不可爱，但是她竟然能够抢了恭子的男朋友。她明明总是逃学，但是老师却并不在意。

她不胆小，而且见多识广。

虽然没办法成为恭子那种类型，但是却可以试着成为像奥泽一样被人重视的类型！

奈津子认为自己的计划不会露馅。

自己的妈妈暑假期间每周也会有四天在诊所里打工，早上九点到晚上七天家里都没有人。能够看到姐姐有了变化的一树要参加补习学校的暑假班，大多数时间也不在家。更让奈津子感觉信心倍增的是隔壁班的同学阿光。

“听说阿光在环七路上的加油站打工呢。”

这一谣言在第一学期时就已经传遍了整个年级。阿光虽然也是内部直升的学生，但是奈津子却完全没有和她交流过。阿光是视觉系乐队的粉丝，也就是人们所说的视觉粉。她眉毛非常细，拖鞋是全黑的，书包上挂着骷髅或者装饰小刀。她的成绩似乎非常差。

当她与伙伴在一起时总是叽叽喳喳地笑着，看起来是个很活泼的人，但是她对其他人却非常冷淡。

期末考的最后一天，奈津子去了隔壁班，她鼓起勇气与阿光搭了话：

“阿光，大家说你在打工，是真的吗？”

趴在桌子上的阿光抬起头，似是带着疑惑般地看着奈津子。

“我想打工。你能不能教教我怎么做才不会露馅？”

奈津子刚刚弯下腰对阿光耳语完，阿光就突然笑着教了她诀窍。自那之后，她们两人就一直通过短信联系。

森可真有勇气啊。我对你刮目相看了。

绝对不能在站前的快餐店打工！据说咱们学校的老师会在那附近的各个地方巡视！

在大众泳池打工？这想法好！

你们班级啊，乍一看起来好像关系都挺好，其实大家都是紧绷着呢。像奥泽啦、恭子什么的。引发冲突的人物都聚在一起了。感觉累的时候，你随时都可以逃到我们班上来哦！

阿光从不会用表情文字，因此回复短信的速度很快。在她那利落的简短文字中，意外地带着一份细腻。

没关系——拧紧莲蓬头的开关，奈津子平复了一下心情。就如阿光说的那样，最开始自己会惹怒人家很正常。奈津子回头看见清洁工大婶依然站在那里。她频频看向浑身湿透的奈津子，然后又吃惊地小声嘀咕着：

“你不化妆看起来还真像个孩子啊，不会是和我孙子差不多大吧？”

#002

只是工作了五个小时而已，可是奈津子却全身各处都在痛。即便如此，她依然感觉到很充实。奈津子打开台灯，在呼呼大睡的一树旁边的床铺上躺下了。这或许就是走入社会后就会感到的疲劳，班级里的同学们对此还没有体会吧！奈津子在回来的路上用投币洗衣机烘干了泳衣，而且也做好了明天打工的准备。

如果奈津子把和十一岁的弟弟共用一个房间的事情说给同一小组的美树，她一定会仰天长叹，但奈津子却并不太在意。因为在这栋老旧的两居室里是没办法拥有自己的房间的。拉门的对面，晚间小酌的父亲正在和母亲悄声说话。

“一树是因为暑假补习班才哪儿都不能去，奈津子也有点儿可怜啊。”

“不过，那孩子也有自己的乐趣呢。今天她好像就去园艺部了。”

奈津子拽出塞在枕头下面的手机给阿光发了晚安短信。

晚上好！第一天打工真是很累。家长带着孩子一个接一个地来，游泳池里十分混乱。我又要整理出租的游泳圈，又要用刷子清洁。每次看见跑动的孩子吹响哨子时，我都感觉心情很好。感觉我能一直干下去。

回复消息很快就来了，奈津子心中一跳。

太好啦！那里有没有帅哥啊？就像 GARASHA 那样的！

GARASHA 是让阿光着迷的独立视觉系乐队的主唱。阿光曾经送过奈津子一张他的画像，白面金发的他一身异国王子的打扮。

没有那么帅的，倒是有感觉还不错的人哦。不过我对他倒没什么感觉。

只是文字上的交流也让奈津子的心情飞扬了起来。奈津子所说的那个男人就是在游泳馆前台遇到的那个人，他叫佐久间。后来，在休息室里，他们曾经说过几句话。佐久间的同学也都是附近私立大学的学生。他的中餐只是在便利店里买来的荞麦凉面。看到奈津子的母亲为她准备的便当，他不免有些吃味儿。

“只是暑假打工的话，你可以找份更好的工作的。你可真是奇怪啊，森。”

奈津子一边单手打着字，一边表现出对佐久间没什么兴趣的样子。自己要和男人说话的这个目标已经实现了。

真的？太好啦！我打工的地方就只有大叔和小混混。森，你就在第二学期和那个人交往吧！

很好——奈津子舔了舔唇。她决定要让佐久间喜欢上自己。他喝的饮料是红牛，品位还不错。虽然他就读的大学的平均分很低，但此时奈津子并不在意这个。

要是那样就好了。我可以像班里的恭子那样，让他来学校接我。

还好没有在第二学期之后才认识阿光。她很随和，自己什么都能对阿光说。奈津子手舞足蹈地偷笑起来。

“姐姐，你弄的吱吱嘎嘎的声音吵死啦！”

一树睡意蒙眬地说道。奈津子慌忙关掉手机，使劲儿闭上了眼睛。

#003

从监控台俯视泳池非常有趣，无论大人还是孩子都会在泳池里毫无防备地露出各种表情。看着仰躺在香蕉形的游泳圈里马上就要流出口水的大婶，奈津子死死忍住了笑。

“森，换班——”

喊声从下面传来。佐久间正仰头看向奈津子这里。奈津子看到了他茶色头发中心因为头旋儿而高高蓬起的头发，感觉很好玩。她赶紧从梯子上爬了下来，同时还要注意不让臀部走光。

这是开始打工后的第二周。虽然只是工作了六次，但奈津子却很享受这份工作。她已经习惯了氯气的味道。经理安排她在前台做登记。当负责监控的大学生离开这一岗位时，她就会被安排到这里值班。通常，那些人在去了其他地方之后，很少会再回到这里。

“从高处俯瞰大家其实挺开心的……”

奈津子说话时很想捧腹大笑，但是佐久间毫无反应，他很快就爬上了梯子。奈津子本打算和他聊一会儿的，此刻她感觉非常受挫，迈着沉重而缓慢的脚步离开了监控台。如果是恭子或是奥泽的话，就能和他愉快地聊天了吧。

正要路过二十五米泳池时，奈津子看到一个像是孩子父亲的人，正带着一个小男孩在深水区里游泳。那孩子的个头比小个子的一树还要小。奈津子急忙吹响哨子跑了过去，父子俩诧异地仰头看向奈津子。孩子父亲戴着一顶西瓜条纹的泳帽。

“对不起，您的孩子要在那边的泳池里玩。”

“我怎么就不能和我儿子一起游泳啊！”

男人的眼神不善，语气蛮横地道。奈津子吓得心脏狂跳。她按照员工手册上说的那样小心地解释道：“那，那个，这里规定了身高不满一米二的儿童只能使用儿童泳池。”

“西瓜头”皱起了眉，摆出一副与他那滑稽的帽子完全不符的严肃表情。

“凭什么啊？我好不容易才能在少有的休息时间与我儿子交流感情，你这样也太过分了吧！”

“西瓜头”立刻抓住旁边的扶手出了泳池。他的身材出奇健壮，他的胸毛被水打湿，黑乎乎地贴在了胸前。奈津子求助地看向几个监控台，那些同事都只是面无表情地俯瞰着泳池。

这就像在教室里一样，没有一个人关注森，也没有一个注意森。森好不容易才鼓起的勇气，可是一切都没有改变——

“请您不要用这样的说话方式对待这么可爱的女孩子。”

就在奈津子的眼泪快要掉下来时，在她背后有人说道。

那就像是动画片中的老人才会发出的阴沉声音。奈津子转回头，看到了穿着泳裤、披着浴巾的中年男子。他那睿智的眼睛带着黑眼圈，脸颊和额头上嵌刻着深深的皱纹。奈津子目光下移，看到了他正牵着一个五岁左右的可爱小女孩儿。“西瓜头”不知为何突然一脸惊讶的样子，然后他无声地催促着儿子，父子俩跑去了儿童泳池。他还会不时地转过头来，远远地观望这位绅士般的中年男子。

“那个，非常感谢您。”

奈津子猛地鞠躬道。绅士微微一笑。

奈津子觉得似乎在哪里见过他，她满含感激地目送他和女儿朝着水上滑梯的方向走去。

#004

“这橘子哪儿来的啊！”

“吉泽大婶带来的礼物，说是让咱们随便吃。”

奈津子刚进休息室，一股烟味马上迎面扑来。休息室里除了佐久间外还有三四个大学生，他们正在向贩售盒饭的空盒里弹着烟灰。桌子中央放着一个土黄色的纸袋，奈津子看到了里面装着一些黄色的甜夏蜜橘。

吉泽大婶就是奈津子打工第一天时大声斥责她的那个清洁工大婶。不论是谁，她都会严加管教，因此大学生们也很怕她。

“别吃了，这个吃起来可酸死了。皮又这么厚，剥起来麻烦死了。”

“那我也算了吧。不过，这样不会被她讨厌吧？”

佐久间笑着从纸袋里拿出一个甜夏放在桌子上，然后让它向着一个同伴滚了过去。接着他们又拿出几个甜夏开始滚了起来，就像是在玩保龄球。奈津子在一边担心地看着，这样浪费食物好吗？

叫岛田的短发男人注意到了奈津子，然后优哉地说道：“啊，森啊。刚才的情况还真是够危险啊！”

“啊……啊！”

看到了你倒是帮帮忙啊——奈津子悲伤地想。

“不过呢，你看，好在有个人给你调解呢。那人叫什么来着？”

“对了对了，他经常来的。是个艺人吧？”

奈津子马上坐到了桌边。她一边从提包里拿出自带的饭菜，一边开始回想那个绅士的模样。岛田这么一说，奈津子也觉得好像是在哪个电视剧里看到过那个人。能和那人说上话真是太棒了，一定要快点儿发短信告诉阿光。

“好像演的是那种悬疑剧里没怎么出场就被杀了的小角色吧。”

“啊，反正会带着孩子来这种大众游泳馆的艺人应该没什么了不起的吧？”

岛田露出鄙视的笑容说道。他让甜夏朝着佐久间滚了过去。他们的话题转为了大学里的社团活动。岛田的那句“这种大众游泳馆”刺痛了奈津子的心。那让铆足力气工作的奈津子突然感觉很糟。她稳定了一下情绪，用小叉子刺破了蛋包饭上裹着的薄薄的煎蛋。

“那个人以前是偶像明星。那是在‘Group Sounds’[1]摇滚乐很火的时候，他是人气主唱。”

奈津子吃惊地侧过头，吉泽大婶不知何时坐在了她身旁，正摊开手帕剥着甜夏的皮。她骨节突起的手指轻轻地刺破有些硬实的橘皮，细小的汁液飞溅起来，带出一股清爽的甜香。佐久间等人连忙慌张地把甜夏拢到一起后扔进了纸袋。他们每人嘴里咕哝了一句“我回去工作了”后就赶忙离开了休息室。他

1 注：Group Sounds（或 Group Sound），是日本 20 世纪 60 年代后半期以吉他为主、由数人组成的摇滚乐队种类，简称 GS。

们离去后的桌面上到处都是滴落的果汁和烟灰的污渍。

“什么，偶像明星……”

奈津子在脑中开始想象着那个绅士站在舞台上，下面的女孩子为其骚动不已的场景。吉泽大婶将一瓣剥好的甜夏放在了奈津子的饭盒盖上。

“我们都是GS一代。啊，GS就是Group Sounds的意思，有点儿像是现在的‘岚’[1]，不过GS更精于演奏而已。”吉泽大婶不同以往地话多了起来，“我过去也有过因为参加演唱会而失神的时候哟。”

奈津子虽然感觉有些莫名其妙，但意气风发的吉泽大婶看起来似乎年轻了不少。

“你喜欢音乐吗？喜欢哪个乐队啊？”吉泽大婶取出烟盒，从中抽出一支点着了。她吸烟时的动作熟练，与佐久间等人截然不同。吉泽大婶像是在享受美味佳肴般地眯起了眼睛。她的几丝短发贴在了她瘦削的脸颊上。奈津子看着竟觉得那样子很帅。

“嗯……Chatmonchy[2]吧。有她们的MUSIC STATION[3]

---

1 注：日本著名五人男子偶像团体，成员包括大野智、樱井翔、相叶雅纪、二宫和也和松本润。

2 注：Chatmonchy，即恰萌奇，日本三人女子摇滚乐团，成员包括桥本绘莉子、高桥久美子和福冈晃子。

3 注：MUSIC STATION，日本著名音乐电视节目。

我一定会录像。”

奈津子原以为吉泽大婶不会知道这个乐队，但没想到对方竟然在呼出一口烟后使劲地点了点头，从口袋里拿出 iPod 后，突然将耳机塞进了奈津子的耳朵。她的 iPod 和奈津子的同学加斗乃理的一样，都是最新款。奈津子的右耳中传来了苦闷而又明快的西洋音乐。

“是不是这首曲子？*Daydream Believer*。”吉泽大婶两眼放光地盯着奈津子问。奈津子闻到了浓重的香烟味，但是并不觉得讨厌。

“啊，不是。”奈津子摇摇头道。她用叉子叉起橘瓣放进口中。强烈的酸味儿差点儿让她跳起来。她的舌头麻酥酥的，眼睛也是泪汪汪的，就连她的头也痛了起来。这叫什么“甜夏”啊！

“哎！你说的不是 the monkees 吗？”

吉泽大婶没有发觉奈津子有些呛到，她流露出了明显的失望之情。

“……是 Chatmonchy。”奈津子的嘴里仍然还是酸的，但她的心中却出奇温暖。她终于发现，原来她是希望有人在乎她。这个游泳池到处都是滑溜溜的，并没有她的居处。奈津子的内心就像是那些被那几个男生滚来滚去的橘子一样无依无靠。

“能让我再听一遍这首歌吗？这歌曲真好听。”

吉泽听了之后很高兴，她像是奖励似的把一个甜夏扔进了奈津子的提包里。

#005

哇，真好啊！竟然会有艺人来啊——想起那个艺人的名字一定要告诉我啊。你打工的地方原来还是个有名气的游泳池啊。啊——GARASHA 大人什么时候才会来我打工的地方啊？我都已经结结实实地每周打五天工了，可还是没有见到他呢。

奈津子早在回家的路上就已经把听来的那个前歌手的名字忘光了。即便如此，当奈津子发了短信后，阿光还是即刻就情绪高涨地回复了她。奈津子坐在客厅的桌子边，手里紧握着手机。厨房里，刚刚回家的妈妈正在准备晚餐。奈津子身边的一树在练习汉字，他在为明天上课做预习。

阿光，难道你打工的原因是……

我没说吗？据说，GARASHA 大人曾经去过那个汽油站几次呢。

视觉粉的论坛里看到过目击情报，于是我就马上去那里面试了。

唉——奈津子长叹一声。阿光怎么会这么狂热啊。有没有能够让自己也喜欢到这种地步的东西呢？奈津子脑中浮现出了说起 GS 时语言热烈的吉泽大婶的侧脸。

我已经决定要在 GARASHA 大人光临时完美地接待他了。我并不期望与他能有什么联系，只要能够让我为他服务，我就很满足啦。我会像其他的打工者一样，不会随便打开他的车门；我也不会为了让他看到我而用力地擦得他的车玻璃亮晶晶的，什么清洗车轮、确定车胎内压……

“奈津子，这个蜜橘是你放在这儿的吗？”

母亲的大喊声让奈津子抬起了头。奈津子刚一跑到厨房就看见妈妈正不可思议地盯着冰箱的保鲜室。奈津子本来是打算把吉泽大婶的甜夏深埋在芦笋和茄子后面的，但是它却在蔬菜的缝隙间闪闪发光。奈津子极力装作若无其事的样子说道：“是啊。嗯，我从图书馆回来时路过蔬果店，感觉它好像很好吃就买了。”

“是吗？那一会儿吃完饭我给你剥好皮。”

“算了吧，这个超酸的。”

“啊？但是，你不是说看起来好吃……”

为了能从妈妈身边溜走，奈津子抓起了抹布。她回到桌边，开始用力地擦起了桌子。一树像是觉得自己碍事了，于是收拾起了习题册。奈津子妈妈一边摆上碗盘，一边用诧异的表情盯着奈津子。

#006

盂兰盆节期间，来游泳的客人少了。清扫工作突然变得轻松起来，这倒让奈津子有点儿不适应了。奈津子把负责的淋浴室打扫得一尘不染，还因此得到了吉泽大婶的表扬：“你有发展呢。你和那些打工的完全不一样，很值得培养啊！”

吉泽大婶好像是一个人住在町田站前的公寓里，她好像一直都没有和家人见过面。休息时，奈津子和她一起吃饭的时候多了起来。吉泽大婶提到昭和年代的音乐就会热情洋溢，还会拿出 iPod 让奈津子听。有时，她也会借给奈津子 GS 的 CD。虽然奈津子只是借回来放着并没有听，但是仍会对她的好意表示感谢。

奈津子刚一推开休息室的门，就发现所有的男人一齐看向她。是她脸上沾了什么吗？奈津子不由自主地用手蹭了下脸颊，然后鬼鬼祟祟地坐在了桌边的一角。桌子中央放着的纸袋里还有几个剩下的甜夏。尽管奈津子每次打工时都会带走一个，但它依然不受欢迎。奈津子打开饭盒，里面装的是蔬菜虾仁炒饭。奈津子一抬头，发现佐久间的脸上挂着她从未看过的笑容。

“那个，森，昨天我想和你串下周末的班，所以我就想找找你的邮箱地址，结果就看到了你的简历。”

打工的人能够随便看人的简历吗？那都是个人信息——奈津子心头一时有些不快。但在他那细长的双眼的注视下，奈津子的不快马上就烟消云散了。

“原来森是了不得的千金小姐啊！”

奈津子茫然地歪着头。当她终于弄懂了他话里的意思时，她已经被男生们团团围住了。他们每个人都在对她搭讪：

“你学校的制服很可爱吧？”

“你打工不要紧吧？没关系吗？不怕被父母知道吗？”

“什么嘛，你该早告诉我们啊！那些体力活什么的怎么能让大小姐干呢！”

奈津子对他们的亲切目光感到迷惑，到底发生了什么事啊？

“你的名字是奈津子，我可以叫你奈奈吧？”

佐久间微笑着殷勤地把薯条拿到了奈津子面前。现在正是吃饭的时间，所以奈津子本有些抵触，但她还是小心翼翼地抽出一根薯条咬了一口。

“那个，你叫我奈奈真的有点儿……”

这个叫法和班主任名村老师的昵称发音相同，奈津子感觉很别扭。她希望他们能叫她“奈津子”，最好是叫她“森”。

佐久间不等她说完就两手拍在奈津子的肩头说道：“好了，就这么决定了。奈奈，我今晚就给你简历上写的邮箱里发信息。你要上线哦，绝对要登录啊！”

他的手的重量让奈津子的心脏狂跳得简直就要飞出来了。岛田开玩笑似的叫嚷着：“噢！佐久间还是下手最快啊！”

大家哄堂大笑起来。奈津子红着脸环顾这些男生，她的世界终于开始转动起来了。嘎吱一声，奈津子咬碎了口中的薯条。

#007

呜哈哈。还是算了吧。刚一知道学校的名字就马上走过来的大学生可不怎么样。他们不过是想找机会和咱们联谊而已。会因为女高中生就欢呼雀跃的男生，说明他在大学里没有女人缘。没准他还是个花花公子呢？

阿光的回复让奈津子的心猛地一沉，难得的好心情荡然无存。奈津子原本以为阿光能让自己更加高兴的。

奈津子胡乱地将手机扔在了桌边，打开折叠镜照了起来。虽然奈津子并不是美女，但是只要化了妆就会有变化。她把回家时在站前的店里买好的 Fasio 品牌的化妆品摆了一排。七月份的工资刚刚到手，这样奢侈一下应该不过分吧。据说这款商品是防水的——如果被吉泽大婶发现了就这样对她说。奈津子手握着眼线笔，开始在眼睑上小心翼翼地画起了眼线。

阿光是个追着脸上涂着白粉的乐队跑的怪人，她不可能会懂得普通女孩子的心情。她为了一个遥不可及的对象而工作究竟想要得到什么呢？自己能够喜欢上近在身边的异性真是太好了。画完右眼的眼线，奈津子开始画左眼。就在这时，身后的拉门轻轻一响，奈津子的手一颤。

“姐姐，妈妈叫你呢。冰箱里的橘子越来越多了，她问你怎么办。”

“吵死啦，你进来的时候应该先说一声的！”奈津子转头尖叫道。一树气鼓鼓地砰的一声关上了拉门。奈津子真想有间属于自己的房间。在她叹气的同时，手机里传来了 Chatmonchy 的《香格里拉》的前奏。奈津子慌忙扑向了手机。她本以为是佐久间，没想到却是很久不见的希代子发来的邮件，标题是

《我回来了》。

我从迪拜回来了！明天我要去朱里家。到校日那天我也会把礼物带给你，是好吃的巧克力哟。你的暑假过得怎么样，很愉快吧？

奈津子咬住了嘴唇。就连送礼物也是奥泽优先吗？哪怕是这种偶尔想到自己才发来的邮件，你也想要控制我吗？自私要有个限度吧！奈津子带着怒气回了一封邮件。

我很忙。我有喜欢的人了，也许我们还会交往。你要为我加油哦！

奈津子紧张地按下了发送键。希代子会着急的，或许她会感觉到和奥泽在一起的时间突然变得苍白了。奈津子带着一颗嫉妒之心等待着回信，希代子却再也没有回信。

#008

泳池外寂静无声，奈津子出神地看着分开如同果冻般的水面快速游动着的佐久间。这一刻她感觉世间似乎只有他们两个，真是浪漫的一刻。

“昂内缇”的休息时间定为每一小时休息十分钟，员工必须让所有客人都上岸。这时客人们可以去暖房或是去洗澡，怎样休息都可以。而监控人员则会穿戴上潜水装备，下潜到泳池里检查是否有异物。奈津子的任务是将泳池中的水盛在水桶里进行水质检测，并填写工作日志。佐久间刚从泳池中出来就摘掉了潜水装备，朝着满是玻璃墙的广播室用手比了个大大的圆。

“休息时间结束。”

广播响起的同时，孩子们欢呼着从四面八方飞奔过来。透明的泳池很快就塞满了人，池水也开始荡漾起来。

“给我，我去把那个水桶放回去。”

岛田和两个大学生不知何时站在了奈津子身后，奈津子立刻神采奕奕起来。

“大小姐不用做这些事情！”岛田玩笑般地抢过了水桶。

“讨厌啦，我家真的是平民啊！”

“看看，你又这么说。话说，奈奈你最近变得成熟了哦。”

奈津子与男生们的这种接触多了起来。真希望同学们能够看到我现在的这个样子——奈津子陶醉地眯起了眼睛。一阵啪嗒啪嗒的脚步声响起，走来的吉泽大婶将奈津子与男生们分开了。

“工作中禁止聊天！这孩子可和你们不一样，她很认真。去！去！”吉泽大婶吼叫着推搡着男生们，男生们就这样四散奔逃了。奈津子恋恋不舍地凝视着他们的背影。吉泽大婶满意地点点头，再次转向奈津子。刚一看到奈津子，她就“啊”地叫了起来：“我说过不能化妆吧！”

“Fasio 的化妆品都是防水的，没关系，而且我也不下水。”

奈津子笑着即刻回答道。不等吉泽大婶回答，奈津子就握紧清洁刷快速向女性更衣柜走去。当她刚要去碰淋浴间的浴帘时，她的手腕被人从后面抓住了。

“我今天给你带了好东西了。为了不让那些打工的家伙碰到，我把它藏在这个柜子里了。”兴高采烈的吉泽大婶拿出的是一纸袋的甜夏。奈津子在心里惨叫了起来。之前她终于把最后一个带回了家，她还以为所有橘子都消灭光了呢。此刻的她感觉一阵眩晕。

“那个……对不起，不用了。”奈津子尽量让自己的声音听起来并不冷淡。吉泽大婶完全没有发觉，她笑着挥了挥手。

“不用客气啦。你不总是把甜夏带走吗，你喜欢吃这个吧！”吉泽大婶硬是要将纸袋塞给奈津子，奈津子猛地向后一退，吉泽大婶的手一滑，纸袋掉在了地上。黄色的果实在濡湿的瓷砖地面上滚了起来。奈津子慌忙俯身去捡，她的手掌和膝盖都被温水沾湿了。看到橘子上沾上的不知谁的头发，奈津子感觉很恶心。

“你这是干什么啊，真是个小马虎啊！你没拿过比筷子还沉的东西吧？”吉泽大婶惊讶地在奈津子头顶笑着道。奈津子气得要命，她终于知道吉泽大婶为什么会孤独一人了。因为她总是认为自己做得最正确，根本不去体谅对方的感受。就算她看到了休息室里不见减少的甜夏，她也没发现那是给人添了麻烦，这种人如果有家人的话的确会很累。奈津子将拾起的甜夏放入袋子里，然后静静地递给了吉泽大婶。

“因为大家都不拿，所以我才拿走的……我家里还有很多。”奈津子知道吉泽大婶会感到诧异，但她不想再欲言又止了。

“您也不用再借我 CD 了。”说完这些话，奈津子转身再次握住了清洁刷。

“我还以为你和他们不一样呢。”

吉泽大婶在奈津子的身后寂寥地嘟囔着。

#009

我在学校加入了园艺部，就是管理下学校的花坛或者做做果酱之类的。夏天时基本上是没有什么活动的。我们和运动部不同，非常闲。

哇，森，你好有女孩子样啊，只有你是这样（笑）。下次我也来做果酱吧！

佐久间发来的邮件里全是小兔子、小熊之类的动画文字。虽然奈津子并不喜欢这些，但想到这可能是他特意为自己选的，她的脸上就满是笑容。奈津子仰躺在沙发上看着手机屏幕出神。最近，他们总是在互通邮件。

“姐姐，你身上好像有股游泳池的味道。”一树跑过来使劲儿闻了闻奈津子的头发说道。奈津子正要起身避开一树，她打好的文字却消失了。奈津子不满道：“那是你的错觉。我现在很忙，你别在我旁边待着！”

奈津子本想轻轻推一树一下，哪知道用力过大，一树摔在了地板上。

“你干什么啊！手机依赖症！”

一树的大喊引来了厨房里的妈妈，她一边用围裙擦着手一边跑过来问：“怎么啦？”

“是一树不对。啊——我想要个属于自己的房间！”奈津子听说奥泽住在有艺人居住的涉谷的高级公寓里，而且她的房间十分宽敞。为什么只有自己什么都得不到啊——奈津子躺在沙发上，带着怨恨的眼神抬头看着妈妈。

“就算你突然说这个，房间也多不出来。”

奈津子哼了一声后趴在了沙发上。

“你怎么了？最近有点儿怪啊？总是马上就气呼呼的，而且你也不再接送一树了。那些蜜橘你打算怎么办？”

#010

奈津子把吉泽大婶借给自己的CD装进塑料袋带了过来，但是这一天吉泽大婶休息。怎么感觉自己是在扮演恶人——奈津子烦躁地推开了休息室的门。

房间里只有佐久间一个人在抽烟，里面烟雾袅袅。奈津子早已经习惯了这个味道。发现是奈津子来了，佐久间笑眯眯地坐在了她身旁：“下次咱们两个去哪儿玩吧？”

低低的私语声把奈津子吓了一跳。

“啊？”

“我会向学长借辆车。”

“啊，好。那，那个——”

奈津子突然害怕地低下了头。虽说是坐车，但那也是在密室里与异性独处，无论发生什么都不奇怪。虽然奈津子应该是喜欢佐久间，但她也发现自己并不信任他，这让奈津子犹豫了起来。

“没事的，没事的。你用不着那么害怕，你果然很可爱啊！”佐久间温柔地抚摩着奈津子的头说道。听到他说“你”时，奈津子浑身一颤。奈津子像是变成了易碎的珍宝。他还对她说“可爱”。虽然奈津子知道那是恭维话，但即便如此也觉得难为情。她知道为什么恭子总是昂首挺胸的了，因为被男人夸奖后，心情就会舒畅，感觉自己可以做任何事。

“我只是想单独和你聊聊。你看，因为你家有门禁，你也不能出来参加聚会。你的打工也马上就要结束了吧。怎么样，好不好？求你了，就只是聊聊天而已。”

看着合起两只大手求她答应的佐久间，奈津子感觉有点儿别扭。他这样再怎么说都有点儿太拼了吧？这让奈津子的喜悦减少了一半。奈津子重新打起精神道：“那个，那这周六你能来学校接我吗？那天我返校。”

“哎，真的？太好啦！”

看着跳起来的佐久间的侧脸，奈津子的心再次飞扬了起来。这回要让希代子、奥泽还有全班同学好好看看！

桌上装着甜夏的袋子不见了。

#011

好久没穿的长袖制服有点儿短了。

进入教室的瞬间，奈津子有些胆怯。教室里晒黑的同学数不胜数，她急忙移开视线去寻找希代子。希代子正在窗边和奥泽聊天。已经有一个半月没见了，但是她却连看都没看奈津子一眼。

“森，好久不见——你还是那么白啊。真是好啊！”与奈津子同一小组的江户梁过来搭话道。她也被晒成了小麦色，据说是去了澳大利亚的寄宿家庭体验生活。小组成员不断聚集起来，尽管奈津子化了淡妆，而且她的头发也留长了，还是没有人发现奈津子的样子发生了变化。直到阿名走进教室，始终都是江户梁在自说自话。

“请大家回座位。”

连阿名老师也被晒黑了。看着老师脸上浮现的雀斑，奈津子被彻底打垮了。老师一定是去了她最喜欢的埃及吧。学生们陆续就座了。

“好久不见了，很高兴看到大家这么精神。首先，我要说件事情，”阿名老师站在讲台上，目光缓缓扫过每一个人，“咱们这个学年里有人打工。虽然名字不会公开，但是会处罚其停学一个月。”

教室里一片寂静。奈津子感觉自己血气上涌。她强忍住逃跑的冲动，放在膝盖上的手紧紧握成了拳。

“会不会就是那个人啊，就是隔壁班里的那个，那个视觉粉。”坐在奈津子旁边的加斗乃理小声道。

从阿光诋毁佐久间的那天起，即使奈津子收到了她的短信也当作没看见。两人的交流就这样不知不觉地中断了。阿名老师稍微思考了一会儿后又说道——她的声音要比平时更加温柔：

“很多同学可能都很想去看看外面的世界。但是，老师认为你们现在所处的环境才是无可替代的。你们可能会觉得学校里无聊、拘束。但是若干年后，你们现在的时光将会一去不复返。老师觉得你们用这样宝贵的时间去换取区区几万日元真的是太浪费了。老师希望年轻的你们能够认清自己的宝贵财产，并且爱护、珍惜它。”

班级里开始响起了细碎的议论之声。

“这不就是讲大道理嘛！啊——我也想去涉谷的Euro Space打工啊！”加斗乃理愤恨地小声嘀咕着，奈津子则像是被人堵住了喉咙一样，什么都说不出来。老师刚一走出教室，奈津子就马上从椅子上跳起去找希代子。她再也不能将秘密闷在心里了，她想听听她说的话。然而，希代子并不在。

“你在找立花？她和奥泽一起回去了哦。”

坐在希代子旁边的星野眼睛一边看着习题册，一边嘀咕道。或许是因为她参加了暑假补习班，她胖乎乎的脸颊也是白嫩嫩的。

迪拜带回来的礼物不给我了吗？奈津子茫然地呆立着。她感觉教室里的一切都在逐渐远离她，恭子等人发出的尖锐笑声，刚刚擦过的黑板上留下的潮湿绿色，以及透过窗帘看到的夏日晴空都像是另一个世界的景象一样。奥泽就那么重要吗？我就怎样都无所谓吗？怎么可以这样践踏别人的感情？——奈津子眼眶发热，她死命地咬住嘴唇。这样被人忽略的次数已经太多了。奈津子瞥了一眼黑板边上的钟表，她的心情终于好了起来，佐久间马上就要到了。想到那一幕希代子看不到了，奈津子觉得一切都无所谓了。她去向江户梁等人说了一声：

“一会儿我男朋友开车来接我，你们要来看看吗？”

奈津子随意的低语换来了她所希望看到的同学们的反应，大家都立刻红着脸向奈津子发问起来。奈津子被大家簇拥着走出教室，又在大厅换好了鞋子，随后就向正门走去。外面停着的是一辆 Mini Cooper，驾驶位上的佐久间轻轻招了招手。副驾驶的车门打开了。

“大家快看啊，那是森的男朋友！”

仁科叫了起来，同学们陆续从大厅里跑了出来。不知是谁“呀啊——”地大叫了一声，这让正要走出楼门的几个学生回头看了看。很快，奈津子就被女生们团团围住了。她的身体用力向外挤才钻进了副驾驶的座位。就在车门关上时——

“森，加油！”

“男朋友，可别把森弄哭了哦！”

无数的喊叫声响了起来。奈津子整理了一下凌乱的头发，将安全带扣好搭在了胸前薄薄的制服上。佐久间按响了汽车喇叭，女孩子们这才让开了路。直到缓慢行驶的汽车驶入大马路前，几个执拗地跟在后面的女孩子始终都没有停下脚步。

她们笑着跟在车旁或车后跑着。

她们那边好像更有意思。

奈津子因为这突然冒出的想法而有些慌张。她转头盯着车窗外已经变得豆粒大小的同学们。这明明是她梦寐以求的瞬间，但是她为什么会觉得心里不舒服呢？

“她们都叫你森啊。”

佐久间调整了一下呼吸笑着道。他的嘴角挂着吊儿郎当的笑，鼻孔大大地张开着。这个人是长了这样一张圆脸吗——奈津子歪头想着。

“哎呀，真是了不得啊——女高中生真是活力十足啊！我和你们一比感觉已经是老头子了啊！你们的制服果然很可爱啊！有的女生还穿着超短裙啊——”佐久间的声音中透着欢快。

“还有的女孩子很成熟、漂亮啊，就像最后一直追着车子跑的那个。”

“啊。”

奈津子始终不搭话，这让佐久间有些焦急起来。他重新握紧方向盘，假装咳嗽一声道：“其实今天我约你是有事求你。”

“求我？”

他讨好般地侧看着奈津子道：“下次你能不能带着你的同班同学和我的朋友们一起联谊啊？咱们五对五。怎么说呢，就是……找些比你更加成熟的、姐姐型的女孩子来。”

遇到了红灯，汽车缓缓停了下来。

奈津子感觉脑子里“嗡”的一声响。她盯着自己的膝盖，屏住了呼吸。阿光是对的。这是个自己已经成了大学生却还惦记着想要得到高中女生的男人。或许那个恭子与奥泽相互争抢的男人也是这种人——想到这里，奈津子的心更冷了下来。

“哎，你生气啦？”

“没有。”

“我说，好不好啊？算我求你。我和学长约好能叫来你学校里的女孩子的。我知道你是喜欢我的是吧，奈奈。”

佐久间似是在求得认同一般地瞥了一眼奈津子。奈津子的脸一下子滚烫起来。

……我才不是奈奈。

奈津子回想起了自己在这个暑假里的一举一动，不由得浑身打战。她竟然会为了这个男人的一举一动而像个傻瓜似的开心。要是能将这一切都忘掉该多好啊！奈津子拼命地抑制着内心的挫败感。

“我不愿意。”

“啊？你说什么？”

“我、不、愿、意！”

奈津子清清楚楚地一字一顿道。她目视前方，坐直了身体。佐久间稍顿了一下后，“啊”的一声焦躁地嘟囔起来：“我今天可是特意请假借车出来的。你这样太过分了吧？”

奈津子始终闭嘴盯着红灯，如果说话了就是自己输了。佐久间在一遍遍地嘟囔着“不可能”“莫名其妙”之类的话。

“你是个以自我为中心的人吧。你这样可是一辈子都交不到男朋友哦？我这可是为你好才说的。”

或许是为了拼死保护自己的自尊，佐久间又说道。奈津子实在忍无可忍了，她决定要给佐久间致命一击。她慢慢转身看着他右面的侧脸道：“彼此彼此，你也一样。”

“你不也没有交到过女朋友吗？”

奈津子看到他的脸一下子变绿了，他的嘴一张一合地看着自己。绿灯亮了，奈津子拿出所有的威严对着佐久间命令道：“现在开车去我说的地方！”

#012

映衬在晴空下的绿色 logo 是那么地熟悉，奈津子的父亲也经常会在阿光打工的加油站里加油。这是一家有名的连锁店。

身穿藏蓝色和橘黄色工作服的男性工作人员看到奈津子的车子后马上伸开他大大的右手示意，然后用左手摘掉了帽子。

“欢迎光临——”

奈津子刚从副驾驶的座位上下来，Mini Cooper 就马上折回了车道。男性员工诧异地看着车上的司机带着一脸如意算盘落空的灰败模样开车逃走了。奈津子点头向工作人员打了招呼后就开始在加油站里四处张望起来。加油站里有工作人员在给停着的奔驰车擦窗子，也有的在给汽车加油。她没有看到阿光。

“你好，我可以打听一个人吗？”

男性工作人员转过头来。他的金色头发从帽子中掉了出来，脖子上还戴着项链。他有着古铜色的漂亮肌肤，眉毛很细，但怎么看也有四十多岁了。奈津子想起阿光曾抱怨说“我工作的地方就只有大叔和小混混”，这个人符合所有特征。阿光也穿过这样的工作服吗？虽然阿光有些瘦，但一定要比这个矮胖的男人更加适合这件衣服。

“请问，这里有个……嗯……阿光……”

发现自己没办法马上说出阿光的姓氏，奈津子有点儿着急了。她们其实只在短信中交往过。

“你是不是在找光野？”男人瞄了一眼奈津子的制服。

“啊，你找那孩子啊。她才辞职，因为你们学校的生活指导员听到传言找到店里来了。她像是瞒着家人和学校来打工的。真会给我们找麻烦。”

奈津子看着自己的鞋尖，她感觉顺利结束打工的自己真是卑鄙。

“她啊，总是拖大家的后腿，记性不好，还总爱发呆。她走了我们倒是少了麻烦。”

奈津子吃惊地抬起头。阿光总是像姐姐一样在帮助自己。她之所以能够完成工作都是因为阿光。难道阿光也是在拼命逞强吗?

“她现在怎么样了?她家是在这附近吗?”

“那我哪知道。你不是她朋友吗?”

奈津子的胸口一痛,看来自己只能先回去了。

“离这里最近的车站在哪?”

“是世田谷线的若琳站。从那个过街天桥走个一分多钟就到了。”

他打着哈欠说道。他大概是感觉奈津子有些烦人。奈津子礼貌地道谢,转身从擦得亮晶晶的奔驰车旁走过。这附近过往的都是高级轿车,难怪会有艺人出没。也许 GARASHA 的车真的来过这里,但阿光最终还是没能看到他吧。

奈津子站在过街天桥上眺望着加油站。自己只在需要时才信任阿光,在感觉烦时就不再理睬她。不仅是阿光,自己对待吉泽大婶时也是这种态度。这样的自己不是和希代子一样吗?己所不欲却欲加于人。

按照那个男性员工的指点,奈津子很快就看到了世田谷线的交叉道口。奈津子决定先乘坐去往三轩茶屋方向的电车。这是一座小而舒适的地上车站。因为这里没有检票口，起初还让奈津子稍稍有些不知所措。开进站内的电车有两节车厢，它的外观就像两个连在一起的磅蛋糕一样可爱。车门开了，奈津子将车票放进了司机旁边设置的验票机后，坐在了与电车行进方向相同的单人座位上。车厢里人很少。在电车轨道的近旁有几栋民宅，如果从车窗伸出手，好似都能摸到居民们晾晒的衣物。

“那里果然值得一去啊！”

“既然决心要去高井户，那当然要去那里。我也不减什么肥了。我要泡上一杯好喝的红茶，尽情地享受一下美味！”

奈津子抬头，看到了坐在对面座椅上的两个白领打扮的女性。她们叽叽喳喳地很是欢快。两个人先是瞧瞧纸袋，然后又高兴地看看彼此。看来她们是顺便去了点心店。她们留着光亮的长发，染着指甲，包裹在丝袜下的玲珑小脚上穿着仿佛会被折断的细高跟鞋。奈津子看着她们出神，还要多久自己才能变成像她们那样，可以凭借自己的能力购买可爱物件或是昂贵点心的漂亮、成熟女性呢？到那时，自己就不会嫉妒或是蔑视朋友了，那样该多好啊！

“明天早上就把这个confiture和我平时喝的酸奶放在一起吃吧！”

“confiture就是果酱吧？一旦用法语说出来，好像突然变得美味十足呢，这是为什么呢？”

这时，奈津子的脑海里突然灵光一现，她不由自主地抱紧了书包。如果把那些沉睡在冰箱里的甜夏全都加上足量的砂糖煮熟后会怎么样呢？津子想到了在园艺部做的果酱。如果搜搜柚子酱配方的话应该会有吧。然后将它们装进可爱的瓶子中，再附上一封信，再将这些果酱送到阿光的家里。如果问问学校里的其他视觉粉的话，应该有人会知道她家在哪里。也要在还吉泽大婶 CD 时附上一瓶果酱，这是给她添了麻烦的谢礼。

对啊，只要把甜夏煮成甜的就好了。无论之前它们是苦是酸，它们都会变成美味。果酱便于保存，这样就用不着急着吃掉它们了。脑海中浮现出黏稠的金黄色的甘露，奈津子的脸上笑出了酒窝。此前低落的心情就像是阵雨过后的天空一般逐渐晴朗起来。

马上就到终点了。

夏末刺眼的阳光透过玻璃窗射进了车厢，反射在了车厢内的墙壁上。那一瞬间，奈津子感觉这里仿佛就是游泳池的水底，氯气的味道再次出现了。奈津子打了个喷嚏。

ふたりでいるのに無言で読書 | 相对无言的阅读时间

#001

菊池恭子瞪着威严地站在那里俯瞰着自己的姐姐，在心里默念着：

迪士尼海洋乐园、江之岛一日游。

这个夏天原本应该会留下她十五年人生中最棒的回忆。为了和卓也去约会，她在笔记本上详细地写了很多安排。不知道姐姐是发了什么疯，竟然闲到在暑假的第一天就在自家客厅里和妹妹吵架。

“喂，说你呢。我的话还没说完呢！”

恭子推开挡住她去路的姐姐，走去门厅换了鞋。她分开一件件被塑料袋罩住的衬衫，从正在整理收据的妈妈身边溜了出去。恭子才飞奔到“时尚帝国·菊池干洗”的门口，就被太阳光刺得一皱眉。恭子今天没有涂防晒霜，现在回去更麻烦。她狠狠地跳上了停在干洗店前的自行车。

“恭子！你去哪儿？你不是要给我看店吗？放暑假时至少你该帮忙吧！”

恭子在背后传来的妈妈的怒吼声中跨上了自行车，用力地蹬了起来。她还没有想好要去哪儿。

只要能够离开鲛洲三丁目就好，都怪多嘴的妈妈和姐姐。现在，恭子觉得整个商店街的人都在笑话她失恋了。他们就像她高中的同学们一样，在期末的两个星期里总是有意无意地提到这件事。好不容易盼到了放假，难道自己还要忍受这样的屈辱吗？恭子形状姣好的唇始终紧闭着，她更加用力地蹬起了自行车。

她穿过商店街，在“西田酒店”的街口转了弯。

“恭子，你去哪儿啊？约会啊？你不是和你男朋友分手了吗？”

店门口正在忙着的西田先生的老婆出声与恭子打招呼。恭子把车子蹬得飞快，假装没有听到她的话。

特快列车在鲛洲站不停车。其他地方的人大多只会为了更新驾驶证才会来到这里。这里的“加州风味西餐馆”也不知何时倒闭了。

今年春天，当恭子考取了第一志愿的学校时，她真的很开心。那里是世田谷有名的私立贵族女校，学校的西装制服非常可爱。虽然上学要花一个多小时，但是恭子觉得自己的人生终于要开始了。

恭子的额头渗出了微微的汗水。她好久没有骑自行车了，这三个月都是卓也每天开车接送她。恭子想去站前的麦当劳，但她马上又改了主意。那里可能会遇到她的初中同学。她和初二时就开始交往的岩田洋二在毕业时分了手。因为她觉得自己已经不能和考入平均分低于五十分的工业高中的他交往了。

“你真是过分！我绝不会原谅你的！我会把你的所作所为告诉大家！”

毕业典礼那天，他红着眼睛瞪着恭子说道。爱开玩笑又是棒球队王牌的他非常受欢迎，所以恭子也因此事而被同年级的学生们讨厌了。

啊——真想一个人待会儿。

恭子想到了临街的图书馆。她曾经在备考期间去过那里两三次，那里几乎不会遇到什么熟人。图书馆里的自习室很宽敞，还有冷气，杂志区里还有时尚杂志 *CanCam*。就去那里打发时间吧。

恭子用脚踩了下沥青路面，让自行车掉了头。

#002

保田早智子在送走上班的父母后就开始拿着抹布擦起了家里的套廊。想到要从今天开始进行的暑假计划，她兴奋得张大了鼻孔。

《地海传说》《卡拉玛佐夫兄弟》——她打算在暑假里好好看看这些平时看不了的长篇小说。

小小的院子里杂草丛生，传来一股青草的味道。早智子做了个深呼吸，眼前的苍翠让她失了神。她觉得这要比学校里打理得规规矩矩的花坛更加具有令人身心舒展的美。她脚边的猫咪钱德勒喵地叫了一声。

在这个独门独院的平房里到处都是书。不仅是客厅和走廊里，就连门厅的鞋柜里都塞满了书。六十岁、身为大学教授的爸爸的书房里更是书堆丛生，倒塌的书堆甚至淹没了地板。

早智子五十六岁的妈妈是百科事典的编辑，工作很忙。因此早智子承担了家务。

早智子在水桶里拧干了抹布，然后又将它用力甩开。她看着蓝天眯起了眼睛，从口袋里拿出小鱼干，然后将它高高地抛在了院子里。确定钱德勒跑去吃小鱼干后，她关上了玻璃门。

她把准备好的和父母一样的午餐和水壶，还有三本书以及自己最喜欢的《墓场鬼太郎》都装进了包里，然后出了门。从位于立会川的自家出发，沿着河边走十五分钟就能到达图书馆。早智子打算从今天起每天都去图书馆。

知了叫得人心烦。早智子敦实的额头上开始大汗淋漓了。

虽然她在高中时加入了漫画研究部，但其实她喜欢看小说。她很容易将自己的感情植入到小说中的人物身上。她甚至会入迷到忘记自己是个呆板的人。因为她在初中部时并没有文艺部，所以只好加入了漫画部。漫画部里的六名成员之间关系都很好，她们的社团活动也很有趣。她们约好要一起去参加在东京国际展示场举办的漫展。

早智子一边用手绢擦着汗，一边进入图书馆。图书馆的自动门左右打开，一股冷气扑面而来。或许是因为假期，图书馆里的人要比平时多很多，服务台前已经排起了长队。早智子想要先还书，于是她走向杂志区，准备看本杂志打发时间。她拿出一本周刊杂志后就坐在了沙发上。早智子不经意地抬起头，然后她惊呆了。对面的沙发上坐着的竟然是同班同学菊池恭子。她为什么会在这里？她家就在这附近吗？

恭子穿着短裤的纤细双腿叠在一起，她一边撩起栗色的长发，一边看着女性杂志。她看起来比在学校里还要成熟、美丽。她的指甲、头发和嘴唇都像工艺品似的闪闪发光。

早智子看得入了迷。她觉得恭子美得就像是野坂昭如的歌声中所说的玛丽莲·梦露一样。

#003

感觉有人在看她，恭子抬起了头。她对别人的视线很敏感。

在她对面的沙发上坐着的竟然是同班同学——有着“香肠指”之称的保田早智子。她正大张着嘴，一脸蠢样地看着自己呢。恭子赶忙慌张地用杂志挡住了自己的脸。她本打算装作没看见她的，但她很快就改了主意。

也许保田会和班里的宅女们说她独自一人在这里的事情呢。那样的话，用不了多久这件事情就会经由班里的各个小组传进她所在的华丽军团里。最近她的伙伴们虽然装出一副同情自己的样子，但也掩盖不住她们所流露出的那种优越感，恭子最近感觉那些同伴简直烦死人了。她一直在拒绝和她们出去玩儿。

用力吐了口气后，恭子合上杂志站了起来。坐在她旁边看报纸的中年男子的目光一下子就黏在了恭子的大腿上，这让恭子的心情更加恶劣起来。她毫不客气地走到保田面前，然后对她和气地道：“哎呀，这不是保田嘛。你家在这附近啊？”

保田战战兢兢地抬头看向恭子，然后惊恐地别开了目光。

“那个，恭子，你在这里做什么啊？”

当然是因为我没什么约会，待在家里也烦啊——恭子忍住了没说。

从初中部直升上来的这些人中有的迟钝，有的土气，总是让人感觉焦躁。而保田早智子则是其中的翘楚。她高大的身体滚圆，走起路来慢吞吞的。她平时的那身制服打扮算怎么回事啊！她像平时那样趿拉着鞋子，裙子也没有弄平。看到自己长久向往的制服竟然让她这样随便地穿在了身上，恭子感觉无比气愤。

“香肠指”是与恭子一起的山下美加给保田起的绰号，因为她每次饭盒里带的香肠都像是短粗胖的手指，也是在强调她从没染过指甲的手指上光秃秃的指甲很难看。即便是这样的她，现在的恭子也不能对她发火：“嗯，因为今天白天有空，所以才到这里来打发时间。保田，你家在立会川吧？”

恭子亲切地笑着坐在了保田身边。她挺直腰背，故意华丽地撩拨了下头发。恭子真想发个彩信让大家都看看保田着便装时的随便样子。她穿着的衬衫就像夏威夷礼品店里卖的老头衫，再配上肥肥大大的裙裤。她的提包里还放着看起来让人感觉毛骨悚然的妖怪漫画。

“你怎么知道我住的地方？”

表情木讷的保田反而吃惊地说道。她们两个经常会在搭乘京急线时碰面，但是恭子从没和她打过招呼。恭子很庆幸保田总是用厚厚的书遮挡住了视线，所以她也装作没看见。

“你还问为什么，我们总是坐同一辆电车啊。你会在品川换乘山手线吧。保田你会坐到新宿，然后再乘坐小田急线是吧？我是在涉谷下车，然后坐井之头线到下北沢。虽然到学校的换乘线路很多，不过我经常去涉谷，所以就拜托妈妈给我买了这条线路的月票。”

很快，仍然愚钝不已的保田又对着恭子连连点头哈腰地说道：“抱歉，抱歉。第一学期的时候我一直都没注意到恭子你啊，我总是在电车里看书。那时你要是叫我就好了。”

恭子火了。

她对言行不一、或许内心也并不胆怯的保田产生了排斥感。她怎么可能会没注意到我菊池恭子呢！我为什么要主动去和“香肠指”搭话啊！

“哦，你喜欢看书啊，都看什么书啊？”

恭子装作若无其事地刚嘀咕完，保田就突然探身说道：“嗯，什么类型的书我基本上都看，不过我喜欢巴尔扎克和野坂昭如。但是，现在我开始觉得少女小说也很有趣了。”

保田带有内双眼皮的眼睛光辉灿烂，她呼出的温热气息喷在了恭子的脸上，恭子很想退开一些。

“我最近非常喜欢以坏女人为主角的故事，所以就借了《危险的关系》……”

保田的大脸盘红彤彤的，仍然在高兴地说着。恭子漫不经心地应和着她的话。恭子只看教科书和杂志上的文字，其他什么都不看。因为那些东西不会为她的语文成绩加分，还会浪费她宝贵的时间。保田兀自说得兴高采烈，而恭子则痛苦地一遍遍回想着今天早些时候和姐姐的口角之争。姐姐今天开始要去八岳参加大学里的网球合宿集训。早上她扬扬得意地宣布要在今晚的宴会上集结学校里的女生去批斗她的学弟楠木卓也。

“算了吧，我真的已经无所谓了，用不着那么大张旗鼓。”

“你说什么呢！敢对我可爱的妹妹出手，最后还敢甩了你，我这当姐姐的怎么能置之不理！至少得让他说出分手的理由！”

恭子感到很悲哀。她真是受不了姐姐这一点，她总是毫不犹疑地干涉他人的问题，而且还会始终认为自己是正确的，就和商店街上的那些大婶一模一样。

自从进了大学后，姐姐变得美丽、刚强起来。谁也想不到就在两年前，她还戴着厚厚的眼镜，随时都在背单词。她是从什么时候开始以一副通情达理的样子对自己展开说教的呢？

“化妆、恋爱之类的都要等到你考上大学以后才行。你要去的是非常重视推荐的学校，所以你的内申书一定要引起反响才行！”

恭子无法理解姐姐。

她想像班里同学那样，对父母和老师说的话阳奉阴违。她不想浪费现今的大好时光，那样自己就会在恍恍惚惚中变成了大婶。

三月下旬时，姐姐将社团里的几个朋友带回了家。她一点儿都不觉得在“时尚帝国”招待他们有什么难为情。

楠卓，也就是楠木卓也，是比姐姐低一年级的学弟。他虽然开朗又能调动起大家的情绪，但绝不是轻率的人，他的发型以及服饰的品位都很好。就在那天，恭子和他偷偷交换了邮箱，两个人开始交往起来。

姐姐对此自然是怒不可遏：“你和楠卓真是气死我了。他竟然敢向自己学姐的妹妹，而且还是个高中生出手！这算什么啊！”

十足家长气势的姐姐动不动就要大骂一次恭子和卓也。而他们两个交往得却越来越起劲儿了。每次送恭子回来时，卓也就把车停在恭子家百米之外。黑暗中匆忙的感觉让恭子感觉既隐秘又刺激。

恭子觉得班里的同学都是小孩子，从初中部直升上来的学生一定都没和异性聊过天。和她一起的那些人也只不过是装成熟而已，其实她们也全都是小女孩儿吧。在校门口坐进卓也的车里时，看到同年级的学生以及学姐们露出的那种羡慕嫉妒恨的眼神，她简直太开心了。

没想到竟然会是这样的结局——此时，保田的声音传进了她的耳中。

“会在恋爱游戏中获得胜利。和她相比，那男人的手段简直太差了。”

恭子目不转睛地盯着眼前这张大方脸。如果她没听错的话，保田是在谈论恋爱。

“你在说什么？”

“啊？《危险的关系》啊。”

原来是本小说啊——恭子抚摩着胸口长出了口气。恭子吃惊地发现，保田在那瞬间看起来就像是个无所不知的成熟女人。

“什么手段？”

“随心所欲地操纵人啊！”

保田流利地回答道。恭子真的感觉很佩服她，这家伙原来是个百事通。手段吗——如果有了那样的手段，或许洋二就不会怨恨自己，而且自己也不会被卓也甩掉了。

“我说，那个梅尔特伊夫人用的是什么手段啊？真的相当管用吗？”

“哎？刚才我没说吗？《危险的关系》是以法国上流社会为舞台展开的恋爱小说，梅尔特伊夫人就是这本小说里的女主角。与其说她因为是美女才受欢迎，不如说……她具有普通女人所没有的品位和魅力吧。”

品位？魅力？讨厌的感觉！恭子不由得皱了皱眉。那就像是在说班里的奥泽朱里。恭子觉得这种碰不到、摸不着的东西怎么想都像是骗人的。

两星期前，朱里坐进了正在等恭子出来的卓也的车里，然后他们不知去了哪里。经过目击者绫乃的宣传，很快大家就都说“朱里抢了恭子的东西”。即便恭子组的全员都向朱里发起了诘问，她也只是嘿嘿笑。最重要的是，令恭子感觉诧异的不仅是卓也的失约，而且他还高兴地对她说：“那个人很有趣的。我告诉她我的联络方式了，下次我们三个一起玩吧。好吧？”

恭子一下子火了，在她不再理睬卓也发来的消息后，卓也突然提出了分手。恭子第一次被人甩了，她在打击与愤怒中并没有落泪。

奥泽朱里去过纽约，但也不是什么美女。她只会装纯洁，难道是她有些什么手段吗？

“梅尔特伊夫人是个可怕的坏女人。只要她盯着周围的人看上一眼，就能找出那个人的弱点。她与凡尔蒙子爵一起密谋，使本是处女的塞西尔小姐落入了圈套。”

现在的保田生动至极，与在学校时简直判若两人。不知不觉间，恭子已经探身向前专心地听了起来。天真无邪又缺少自由的塞西尔会不由自主点燃每个人心中的热情。然而，保田在讲到关键处时却突然停下了：“如果我全都讲完了就没意思了。好险，好险！你可以看这本书，我正打算今天要还的。”

保田开心地将一本绿色封皮的书递给了恭子。恭子接过《危险的关系》，感觉手上沉甸甸的。恭子感觉有些扫兴，她其实只要听听故事的梗概就好了。

“恭子，我要先走了。今天我要把文库区转个遍。”

保田还真是干脆啊！恭子觉得有点儿寂寞。她很想知道故事的结局，同时又想有人能够陪着她。

“暑假里我每天都会来这里，我们以后再见吧！”说完，保田就蹦蹦跳跳地消失在了书架对面。

当晚，恭子抱着《危险的关系》爬上了自己房间里的双层床的上铺。平时都是姐姐使用的上铺非常宽敞。恭子绝对不会对她的伙伴说十五岁的自己和十九岁的姐姐住在同一个房间，甚至共用一张床之类的。恭子一骨碌趴在床上，然后翻开了那本很厚的书。像在图书馆时一样，书里飘出一股墨水的味道。恭子只是唰啦啦地翻了几页，然后啪的一下把书放在了枕边。

书中深奥的语法和字词太多了，恭子读不下去。她一点儿都没感觉这书有趣。果然还是让保田全都讲完更好——恭子烦躁地咬起了指甲。看来只能明天再去一次图书馆了。对了，假装已经看完了，然后让保田讲结局！

想到令自己满意的计划后，恭子关掉了台灯。

我才不是要和保田见面呢，我可不是为了去见丑女才要去图书馆的。我不过是正好有空而已——恭子这样对自己说着，不知不觉睡着了。

#004

早智子一边抚摩着趴在她身边的钱德勒，一边透过纱窗望着院子。都已经过了十点了，可是知了还是叫个不停。爸爸和妈妈还是没有回来。

因为喜欢书上的红色方格，早智子借回了《一个利姆波罗斯特的女孩》，这本书很有趣。

明天恭子也会来图书馆吧。那么漂亮的人竟然会愉快地听我讲故事。虽然没想到她会喜欢看书，但是真开心。她家也在附近——想到这，早智子不由得紧紧抱住了钱德勒。钱德勒身上散发的阳光与灰尘的味道让早智子差点儿呛到。

该推荐什么书给她呢？她很适合看那种绚烂华丽的法国恋爱小说。对了，去和爸爸商量一下吧！他就要回来了，反正他就是女子大学的法国文学教授嘛。

“我回来了。”

门厅传来爸爸的声音。钱德勒像是得到了特赦般从早智子的膝头逃窜下来。

#005

第二天，恭子穿着休闲长连衣裙，带着购物篮去了图书馆。这身衣服原本是要和卓也约会时穿的。图书馆里人比昨天少，恭子看了看杂志区，并没有看到保田。她又依次看了海外小说、纪实文学书架，仍没有看到那个圆滚滚的背影。恭子想着去二楼的自习室或是半地下的休息室再找一找，但中途又突然觉得这样做真是太傻了。

保田并不一定每天都会来图书馆，她那时说的只不过是客套话。信以为真到这里来找她的自己到底是在做什么啊！恭子叹了口气，她转过身，想着去看会儿杂志，打发下时间就回家。就在这时，恭子发现了右边一角蹲在那里蜷成球的保田。她在最里面的图鉴区。

“啊，保田！”

突然听到有人叫她，保田抬起了头，然后有点儿害羞地嘿嘿笑着。她正翻着一大本图鉴。恭子松了口气，自然而然地露出了笑容。

“你怎么了？哪里不舒服吗？”

她走过去，瞄了下被保田的肩膀挡住的那本图鉴。

“我在调查山毛榉的果实能不能吃。”

“啊？”

“昨天看的小说里描写说，把山毛榉的果实放进三明治里要比放花生好吃得多……你看，我们学校的庭院一角不就有山毛榉树吗，以前我都不知道它的果实是能吃的。”

“……哦。”

恭子忍不住打量起图鉴与保田。她在读书时发现了不明白的事情时，既不会上网搜索，也不用拜托他人，而是自己做调查，所以她才对很多事情都清楚。原来一个人还可以这样生活啊——恭子有了种豁然开朗的感觉。

恭子总是和小组成员一起行动，放学后就和卓也约会。除了学习时间外，她几乎没有独自一人过。

或许，今天自己来到这里并不是为了《危险的关系》，而是想让保田教会自己一个人玩乐的方法。

“书里倒是写了能够食用。到底好不好吃呢？说是和胡桃的味道差不多，秋天的时候可以吃。”保田小声嘀咕着。她认真的四方脸看起来很搞笑，恭子忍不住扑哧一声笑了出来。

“保田，保田，给我接着讲讲昨天的小说吧！”

恭子大模大样地敲了下保田的肩膀，以此掩饰自己的难为情。保田很吃惊：“你还没看啊？”

恭子决定说实话。在图书馆里没必要装模作样。

“那书太长了，一天根本看不完，而且晦涩难懂，还是听你讲更有意思。”

保田张嘴吃惊地看着恭子好一会儿后才红着脸，露出一个呆笨的笑容。恭子一直目不转睛地盯着保田——这人虽然长得丑，但也许非常可爱，就像《悬崖上的金鱼姬》一样。

两个人相视而笑。保田开始教恭子如何检索、预约图书，直到闭馆前才讲完了《危险的关系》的结局。

进入八月了。

恭子几乎每天都和保田待在图书馆里。她们会坐在阅览室的沙发上头碰头地看书。虽然她们会说说读后感，但是在看书时却几乎不说话。保田不会多管闲事，恭子感觉很轻松。恭子开始不断地读书，保田为她选的书浅显易懂又有趣。

恭子喜欢田边圣子、川上弘美等女性作家写的恋爱小说。

每当读到描写失恋的片段时，她总想无条件地支持主人公。同时，她也会看东海林贞夫、椎名诚等的随笔。

“啊——好饿啊！”正在看《咬着吃西瓜》的恭子突然抬起头感叹道。

“你不会是想吃西餐吧？”正在看简·奥斯丁的《劝导》的保田抬起头笑道。

“我今天带了两份午餐，你要不要尝尝？”

“哎？可以吗？”

恭子高兴地小声欢呼了一下。她在图书馆的休息室里看到的保田的午餐总是非常好吃的样子。炸肉饼咸甜适中，煎鸡蛋中还放了鳕鱼子。饭盒里没有用樱桃番茄配色，也没有放塑料隔板，十分纯净。

恭子总是一边在旁边看着这样的午餐，一边吸着果冻饮料。如果自己拜托妈妈带饭的话，她一定会推说“放暑假了就让我轻松点儿吧”。要不然就是心情极其恶劣，那可能是因为自己偷懒没有看店造成的吧。

恭子和保田并肩去了半地下的休息室。大概是刚过中午的缘故，里面人很少。小卖部里的中年女性正面无表情地盯着静音的电视看着。两个人坐在了靠窗的桌边，保田拿出两个铝饭盒，把凉茶倒入了水壶盖中。

海苔饭、炸肉块、梅干煮沙丁鱼、味噌炒茄子，每样都十分入味。

“保田，你妈妈总是给你带午饭，真好啊！”

“不是的，这是我做的。我爸妈都要上班，两个人回来得也很晚，所以我做家务。”

恭子吃惊地看着便当和她。

“你爸妈是做什么的啊？”

“教授和编辑。他们两个都是再婚，因为两人再婚晚，所以现在年纪已经很大了。他们之前离婚花了不少钱，所以很穷的。如果我不帮忙的话，他们的身体就要垮了。”

保田低头取下了粘在饭盒盖上的海苔。

“噢，你好棒啊！”恭子佩服地感叹。虽然在学校里时没有发现，但保田早智子这个人真是太厉害了。

“没什么，我不擅长打扫的。”保田红着脸，皱着鼻子笑道。

“我家里全是书，到处都是摞得高高的书塔。我养了一只叫作钱德勒的猫。它经常会被书埋住，然后在里面喵喵叫。”

恭子听着听着竟然兴奋起来。满是书的家，几乎独自生活的保田。用不着在意他人，随意看书，随意和猫一起玩耍。这和自己在家总是被妈妈或姐姐监督的情况完全不同。

“我想去你家看看好不好啊？”恭子撒娇般地扭动着身体

说，保田为难地低下了头。

“可以是可以，但是我家里很没意思的。”保田将饭盒里剩下的饭粒一粒粒吃光。

“没关系啦。那我们现在就去吧！”想到在班级里的情景，恭子用了强硬的口气。她盯着保田的脸，拉过了保田的胳膊。

没做脱毛护理的保田的胳膊上的汗毛软软的，就像是小动物的毛般闪闪发光。

#006

早智子和恭子一起走着，她发现很多人都用兴味十足的目光看着恭子。早智子配合着推着无印良品自行车的恭子的脚步慢慢走着。

与她们擦身而过的高中生们会回头看着她们交头接耳一番。就连上班族打扮的中年男人也会放慢脚步，极其渴望地看着恭子。

早智子抚了抚胸口，很庆幸自己不是男生。男人在看到美女时竟然会露出那样一副傻相。

“怎么了？”恭子奇怪地问。

“没什么。”早智子连忙摇头。

此前从没想过，恭子会来自己家里。啊，要是自己家不是租房子，而是像模特家里那样是摆着纯白家具的高级公寓就好了。早智子马上为她曾有瞬间认为自己可爱的家羞于见人而反省。

“哎呀，这不是恭子嘛！”

粗声粗气的话语让早智子抬起了头，一个小混混模样的男人正挽着一个穿着暴露的女人的手站在那里。那女人浓妆艳抹，就像是个应召女郎。

“洋二！”

恭子小声叫道。她斜眼看了下来人后，吃惊得张大了嘴。

那两人嘿嘿笑着靠了过来。

“能在本地看到你还真是少见啊！你和你那个大学生男朋友怎么样啦？”

“没什么……咱们已经没关系了吧！”

真像是大人之间的对话啊——早智子看着自己旅游鞋的鞋尖想。虽然早智子能够感觉到小混混在瞧着自己，但她却并没有多想。一个素未谋面的男人怎么想她无所谓。当她稳稳站定，直直地看向小混混时，小混混便悄悄移开了目光。应召女郎打量着恭子和早智子，然后对小混混耳语了几句。恭子似乎有些为难地低着头，那样子虽然有些悲伤，但庄严又美丽。有辆汽车从四个人身边驶过。

恭子一定了解早智子所不知道的世界吧。虽然她们因为来图书馆而变得亲近了起来，但是她们并没有成为朋友。是早智子忘记了一件理所当然的事。

“我先走了。”

“啊……”恭子祈求般地看向早智子。

“他们是你中学同学吧？你们慢慢聊。回头见！”

说完，早智子就赶紧离开了。小混混愤愤不平般地瞪着早智子的腰和头发。看起来就像是他受到了什么伤害似的。他一定喜欢恭子吧。

早智子转过街角，总算松了口气。

自己走开了，恭子就能放心说话了吧。早智子发觉空气中弥漫着下雨前的泥土才有的甜香，于是她加快了脚步。

#007

保田刚刚消失不见，洋二就故意大声说了起来：“那丑女谁啊？你和那种人关系很好嘛！”

恭子感到背后冒出了冷汗，没想到洋二竟然看到了她和保田在一起。她想拼命找个完美的借口，但她却说不出话来，嗓子干巴巴的。

“你高中里全是那种丑八怪啊？”

洋二身旁的女人哧哧笑着。她脸上长满了粉刺，头发也受损严重。虽然恭子想不起她的名字了，但她们初中时是校友。恭子记得她是因为她总是在男生面前搔首弄姿，所有女生都不喜欢她。看来她和洋二应该是进了同一所高中。

这种人凭什么贬低保田啊！恭子心里一下子火了起来，但当她与洋二目光交会时，她突然觉得害怕、眼神闪躲起来。

“我们只是一起去图书馆而已。”

“哦——这样啊。既然你有空，那咱们三个就去唱卡拉 OK 吧！”洋二十分自大地对恭子颐指气使道。

恭子沮丧地睁大眼睛盯着洋二。她觉得洋二一定会恨她一辈子，然而转瞬间，洋二就对她露出了讨好般的笑。洋二身边的女人一脸厌恶地用力去拉洋二的胳膊。恭子看到这一情形后终于冷静下来了。假如她想从这个女人身边抢走洋二易如反掌。稍早之前的她或许会这样做。她并不是因为讨厌他才和他分手的，而且与他复合不仅能够找回自己的自信，还能排遣寂寞。至少她能在本地过得轻松。但是——现在，恭子觉得保田已经教会了她即便没有男朋友也能快乐生活的方法。

这时换作是梅尔特伊夫人会怎么做呢——恭子突然想到。

“那就打扰了。走吧。”

“啊？”

恭子依次看向傻愣着开口的洋二与他身边的女人。

“你们不许说我朋友的坏话！你们高中可是毫无吹嘘价值的出了名的笨蛋学校！你们这两个笨蛋可没资格妄自尊大、藐视他人！”

洋二身边的女人脸色逐渐涨红，就连她的表情都因气恼而扭曲起来。恭子飞身跳上了自行车。

“喂！你等等！”听到洋二发出的怒吼声，恭子更加卖力地蹬起了车子。

恭子一边奋力蹬着自行车，一边感觉心中无比畅快。她欢畅得想要放声大笑。从旁边的民宅里飘来驱蚊香的味道，恭子不由自主地眨了眨眼。

一定要找到保田的家。

恭子更加用力地抓紧自行车把。天空逐渐染上淡淡的金粉色。保田的家一定就在这附近，一家家地看门牌吧。为前男友的粗鲁向她道歉后，我们就又能一起快乐地玩了。因为保田是我的朋友——恭子想到这里感觉有点儿害羞，她再次使劲儿蹬起了自行车。结果，恭子在同一个地方转了将近十五分钟，仍然没有找到保田家。她恨死了不带手机的保田，她甚至都不知道自己现在身处何地。

不知所措的恭子仰头看向灰色的天空。她刚感觉到空气里有灰尘的味道，豆大的雨点就哗啦啦地掉了下来。恭子惊叫一声后看向四周，附近全是民宅，根本没有躲雨的地方。远处雷声滚滚，恭子受不了地快要哭出来了，自暴自弃地骑上了自行车。她的头发很快变得湿答答的，衣服也贴在了身上。她知道自己的妆容肯定已经花了。她身体颤抖着停下了自行车，从篮子里拿出手绢贴在了额头上。

没人来帮助我。关键时刻我总是独自一人——

“啊，恭子！”

恭子听到熟悉的声音回头看去，保田正打着伞站在低矮的栅栏后面。她的手里拿着叠好的床单。

这是一间容易被人忽略的木制小平房。它的院子较为宽敞，院中草木茂盛。大敞四开的房子套廊里堆满了小山一样多的衣物，套廊顶上还躲着一只茶色的小猫。

“你不会是特意追来找我的吧？”

在恭子因大雨而迷蒙的双眼中，保田那模糊不清的方脸看起来很美。恭子不知为何很想哭，但是她却大声责怪起了保田：“你为什么马上就走了啊！你那样对我太没礼貌了吧！”

“啊，对不起……我是觉得我在那里会妨碍你们。”

保田怯怯地缩了缩身体道。恭子实在忍无可忍，她扯开喉咙大声说起话来，那声音甚至能够压过雨声。

“不要马上就道歉！你根本就没错啊！你根本用不着顾虑别人！”

保田吃惊地看着恭子，恭子双肩颤动地大口喘息着瞪着保田。她头上的手绢完全湿透了，手绢里的水顺着额头濡湿了她的眼睑、鼻子。闪电划过天空，院子里霎时光亮起来，而后传来了轰隆隆的雷声。突然，保田弯腰笑了起来。这次换成是恭子吃惊了，她急忙低下头说道：“很抱歉那家伙对你那么不礼貌。我就是想和你说这个。”

“你就是为这个来的？恭子，你真有意思！”

保田平时的唯唯诺诺消失无踪，她的眼中闪着恶作剧的光芒。她是一个像山猫般充满魅力的磊落女孩儿，或许这才是真正的保田。恭子感到自己的身体正在逐渐冰冷起来，但她依然看着保田出神。

“快进来吧！不然你可要感冒啦！”

恭子眼前的女孩子以长者的语气对她招手道。

#008

“这里的味道和图书馆里一样！”

从浴室出来的恭子环顾着客厅自言自语道。早智子的T恤衫穿在恭子身上实在太大了，恭子纤瘦的右肩裸露了出来。

“是吗？我倒是没注意。”

自己家的杂乱无章与恭子极不相称，她看上去就像是突然从窗外扔进来的宝石。恭子的裙子和打底背心都在烘干机里，再有十分钟应该就会干了。

早智子麻利地将酱油瓶、饭碗摆在了饭桌上。饭桌上有煮毛豆、鸡翅、卤蛋以及凉拌豆腐和羊栖菜饭。因为自家的三口人都在不同时段吃晚饭，所以早智子总算为恭子留出了一份饭菜。

“晚上吃完饭再回去吧。你先去给家里打个电话。”

“谢谢你，都饿了。我家是做买卖的，现在这个时间正忙着，不打电话也没关系。”

恭子一边用毛巾擦着头发，一边坐在了饭桌前。钱德勒喵的一声跳上了她的膝盖。

“好可爱！它是叫钱德勒吧。”

“嗯，是硬汉派小说家的名字。他的小说很有趣儿，下次你也看看吧。”

早智子盛满了饭。从她家里敞开的套廊可以看到外面的院子。听着外面哗啦啦的雨声，两个人安静地吃着饭。卸了妆的恭子看起来很孩子气，她的额头光滑得就像婴儿。这样的她也很美。

“恭子家里做的什么生意啊？”

“你问这个？让我说这个？超逊的。我家的店叫作‘时尚帝国·菊池干洗’。”

恭子皱着眉，状似厌恶地说道。没想到早智子竟然噗的一声笑了出来，恭子立刻红了脸：“过分！太过分了！我还是第一次毫无顾忌地对学校里的同学说实话呢！”

恭子平日的成熟消失无踪，她蹲在地上来回甩动着筷子。

“对不起，对不起！很好听啊。‘时尚帝国’帅呆了。”

“讨厌！”

略微挥了下拳头后，恭子露出了略带羞涩的笑容。早智子起身收拾碗筷，她感觉心中的温暖正在蔓延。——只有我才知道的她的另一面，一定要珍惜！恭子不仅没有帮着早智子做家务，而且还扑通一声坐下了。

“话说，咱们乘坐的京急线也是超逊的吧？同班的立花希代子乘坐的是东急东横线，那条线路倒是朴实。奥泽朱里是在涉谷乘坐呢，据说她会步行到109百货，然后再换乘东急线……”

早智子一边摞起饭碗，一边应和着恭子。她的内心十分惊讶。她从没想过同学们都住在哪里，甚至对漫研社里的伙伴们也是一知半解。为什么恭子会这么清楚别人的情况呢？早智子原本以为她会更加以自我为中心的。或许像她这样受欢迎的人获得的信息量与自己大不相同吧。

“是吗？京急很逊吗？”

早智子刚说完，恭子就撇嘴说道：“啊？当然逊了！”

“红色的车身很帅啊。它开动时还会发出 do re mi fa so la xi do 的声音。听我爸爸说那个可是从德国运来的机器。”

“哦，这样啊。”

两个人坐在套廊里，早智子吃着剥了皮的桃子。桃子的汁水很多，早智子的手很快就黏糊糊的了，于是她不断地用冷毛巾擦着手。大雨逐渐变小，开始淅淅沥沥地静静下了起来。

“我和他以前交往过。”

恭子突然独自开口道。早智子霎时感到有些茫然，她说的“他”是刚才的小混混吗？

“哦——”

早智子舔了舔黏糊糊的手指。看到恭子白色的大腿，她不由得拿它和桃子做起了对比。

“虽然是我甩了他，但我反而更不好意思。他一定很恨我，所以能和你在一起真是太好了。怎么说呢，我最近也被人甩了，所以才明白了被甩的人的心情。啊，你有听说了吗？我被甩了的事……”

早智子摇了摇头：“现在才知道。”

恭子露出一副有些失望的神情，但她马上又打起精神道：“哦，这样啊。不过好奇怪啊，咱们一起玩了这么久，好像完全没有说过恋爱的话题呢。可能是因为咱们一直在看书吧？咱俩其实都对彼此不太了解呢。”

“因为我觉得不该和恭子说话。”

“过分——”

不是的——早智子边笑边想。她觉得如果能够静静地看书，即便不说话也会很快乐。因为她们可以共享言语之外的很多东西。

早智子高兴地说道：“下次那个男的要是再来纠缠你，我帮你赶走他！我以前赶走过欺负钱德勒的野猫，这方面我可拿手啦！”早智子夸张地拍着胸脯。

“保田，你喜欢什么样的男人啊？”恭子突然一脸认真地盯着早智子说道。

早智子惊慌失措得说不出话来。她最后一次和与自己同龄的异性说话是在小学的毕业典礼上。自那之后，她身边最亲近的男性就要属身为教师的父亲了。虽然她周围也有很多同龄人，但是她对此并没有太在意。

“喜欢像是 Johnny's[1] 之类的名人也可以说哦！”恭子迫不及待地道。

早智子含着桃核思考了一会儿道：“大概是野坂昭如吧。”

“哈啊？谁？嗯……是你喜欢的……作家？”

早智子向诧异的恭子认真地做了说明。告诉她那人既是吉卜力制作的动画《萤火虫之墓》的作者，也是歌手。他博学多闻，而且还是个爱争强好胜的作者。

“他适合戴浅色的墨镜，是个很帅的大叔哦！”

恭子一副毫不感兴趣的样子，于是早智子站起身去了父亲的房间，拿着唱片回来了。恭子就像是有生以来第一次看见唱片，因而对此兴趣浓厚。早智子分开书堆，在里面找到了留声机，然后将唱片放了上去。唱针落下，早智子喜欢的旋律流泻而出。

---

1 注：日本著名艺人经纪公司，旗下以男艺人和男性偶像团体为主。

♫玛丽莲·梦露回来吧♫

早智子感觉这首曲子总是越听越想听。她提心吊胆地看向恭子，发现她一副陶醉的样子。

♫今生就要结束
每个城市都敲响了丧钟
这样苦闷又难过的夜晚
假如是你将如何度过♫

“这是什么歌啊？演歌？”

双手抱膝的恭子神情怪异地道。即便如此，她还是轻轻闭上了双眼，像是在倾听这歌声。她长长的睫毛在脸颊上投射出一片阴影。

“你不喜欢？”

“不是，不是不喜欢，只是觉得这首歌好奇怪。”

早智子应她的要求重新播放了一遍曲子。

“我好像听上瘾了。这歌是挺酷吧？”

“是啊，很酷的！”

早智子激动地点头道。看到恭子的笑容逐渐扩大，早智子总算放心了。恭子小声哼唱着这首歌，说明她很喜欢这曲调。早智子眯起眼睛，深吸了下院子里的香味。

“我很喜欢绿草的清香。”

“哎，这样啊。我大概是受不了。”

“是吗？”

“嗯……”

早智子发现恭子微微皱了皱眉，但很快就又笑着对她说：“你家的院子里没有山毛榉吗？”

“没有啊。只有松树和橘子树。等着到校日去学校时，我要先去找准山毛榉的位置。不过，据说山毛榉每五年才会结一次果。图鉴里是这么写的。”

“哎——那等到山毛榉结果实了，咱们要一起吃哦。说定了。”

“嗯，好啊。太期待了！”

恭子的身体随着乐曲摇摆了起来。

早智子听到了小雨滴答着打在八仙花叶上的声音。

#009

“无论如何都要去吗？”

恭子在给保田染指甲。日光很强，杯子里残留的饮料很快蒸发殆尽。

院子里的知了没完没了地叫个不停，恭子大声地再次问道，声音丝毫不会输给烦人的知了。

“你非得去吗？”

恭子的手一沉，带珠光的指甲油涂到了指甲外面。

“香槟甲油——真美的名字啊！”

保田高兴地抬手向着阳光道。

“这样的浅色会让手指看起来修长。”

恭子这样告诉早智子，她的心情终于好了起来。

“哦哦。”

的确，早智子觉得染过的指甲很纤秀。

“你喝过香槟吗？那是什么味道呢？像汽水一样的味道？”

恭子的话被早智子岔开了，她慌忙探身执拗地再次问道：“你非要去吗？”

这段时间恭子不仅去图书馆，还会来保田家。她会在套廊或是客厅里看一天书，吃保田做的饭团子或是面条。保田的父母下班很晚，恭子很高兴自己能够在她家里打扰很久。保田家的藏书大多是难懂的哲学书和典籍，但也有现代恋爱小说和漫画。恭子随便借走几本都可以，这让恭子感觉这里比图书馆还要惬意。钱德勒也和她亲近了起来。

两人相处的节拍好不容易才协调一致，恭子根本不明白早智子为什么要从明天开始出门三天。早智子毫不胆怯，直言不讳地道："没办法啊。我说过了吧，我早就和漫研的伙伴们约好了的。为了能在盂兰盆节的三天时间里参加漫展，美佐子的爸爸说让我们住在他的会员宾馆里。"

同班同学内田美佐子是与保田关系很好的漫研社社员。虽然她脸色苍白又偏瘦，但她却是进口食品公司的社长千金。内田的父亲是台场高级宾馆的会员，所以在漫展的三天里，他邀请女儿的五个同伴一起住在套房里。

让恭子感觉生气的是，保田看起来竟然异常兴奋。

"很厉害吧？从那家宾馆走到国际展示场才十分钟。就算多买些同人志也能马上拿回去放起来了，真是太好啦！而且宾馆的房间也很宽敞，据说还有大屏幕的电视，可以随便看动画DVD了。美佐子的爸爸很了不起吧！"

"哼！"

恼怒至极的恭子狠狠甩开了趴在她膝上的钱德勒，钱德勒发出一阵恼怒的叫声后就从套廊里蹿了出去。

不过就是一些死脑筋的成员，家境富裕，住在好地方而已！真是太不公平了！

“那个漫展有意思吗？所以你才一定要去的？”

恭子的心情糟透了。为什么保田要和那些人走啊！恭子只觉得保田的朋友降低了自己的价值。

她有个计划。

她要让保田在第二学期大变样。即便她没法成为她小组里的一员，也要让她变得能够自由加入任意小组。她要让同学们大吃一惊。

她要带保田去自己常去的北品川的美容院里做头发、修眉，还要教会她穿制服、发饰搭配以及化妆。要让她挺直背、注意说话方式。单是这样她就会大不相同。

恭子一定要在八月下旬到校日来临前完成这个计划。

一旦大家开始接受早智子，那么她们就能无拘无束地做好朋友了。那样一来，自己的第二学期生活该有多么快乐啊！

“对不起，但是我很早以前就已经答应她们了。同人志非常有意思，而且展会上还有文学跳蚤市场。你要是也能去就好了，美佐子说人多些也没关系的。”

“不用了。”

恭子连忙抬手在眼前挥动起来，和那帮人在一起她可受不了。要是传到她小组的其他成员耳朵里可就糟了。恭子不想让保田感觉不快，于是她遣词择句地试着对保田说：“那个，保田。如果你和内田她们在一起的话，就会被别人看作是宅女哦。可你其实是个爱看书的人，并不宅啊。这样你很吃亏啊！”

保田一脸茫然地看着恭子。她用手指碰触着晾干的指甲，侧着头道：“别人怎么认为无所谓啊。宅女也不错啊！我喜欢漫画，而且我也喜欢美佐子和间岛。”

保田毫不在意地微笑道。那就像是在说自己搞错了一样，这让恭子有些窝火。

“恭子你真温柔啊。谢谢你关心我，为我着想。不过没关系。”

恭子在想自己要对笑眯眯的保田说点儿什么呢？她并没有保田说的那样高尚。

“我才不温柔呢！”

突然，哽在恭子喉咙里的话一下冲了上来。保田只不过三天不在而已，自己为什么会感觉心里乱糟糟的呢？院子里的绿色让她憋闷得想吐。

“你怎么了？”

保田担心地看着恭子。她的小眼睛温柔地望着恭子。

恭子觉得她就算不改变也很好，自己无法和这样的她在人前成为好友是自己自身的问题。恭子很想变得更加率直。自己要怎样才能像她一样呢？这个想法一发不可收拾。她一下子站了起来。

“绿植的气味让人憋闷，因为它像极了男人的气味！不过你是不会懂的！”

恭子大喊着撒腿跑向了门厅，她再没看保田一眼。她感觉自己身上渐渐生出一股令人厌恶的气味，于是她逃命般地蹬起了自行车。

#010

漫展并没有想象的有趣。到处都是带着臭汗味的男人，早智子在找到自己喜欢的展位前就已经筋疲力尽了。

早智子在宾馆十四层的套房里俯瞰着夜景发呆。从富士电视台到彩虹桥，延展开来的东京湾到处都像墨汁一样黑。

如果是这样，还不如留在家里与恭子一起在套廊里闲聊来得更有趣。

“早智，你快看啊！《我是小甜甜》！”

美佐子大声说道。早智子转回头，看到坐在沙发上的伙伴们正开心地向她招着手。间岛、苏和隔壁班的前田以及结衣正坐在大屏幕前看着里面放映的动画。动画中的紫发少女正在挥动魔法手杖。

“皮耶罗艺术工作室果真是太伟大了！我姐也说过 80 年代

的动画线条流畅。真是神之领域——”

“真棒！森泽优住的地方没有国立铁路线。啊，是中央线。”

大家都在畅所欲言。以前的早智子觉得这种热闹场面最让她开心，但现在她却总感觉少了什么。

她知道自己重要的伙伴与恭子相比显得乏善可陈。即便如此，她还是会不由自主地想起恭子苗条的腰身以及时常保养的长发。恭子不会去分析什么，也不会卖弄知识，她会明白地说出自己的好恶。早智子最喜欢她这一点。

早智子偷偷地盯着指甲上的香槟甲油，只有它像珍珠一样美丽。

昨天，恭子非常生气。早智子没想到她那么讨厌漫研社的同学们。

早智子叹了口气。她觉得恭子很有魅力，但是她一点儿都不想为了和她在一起而改变自己。如果那样做的话，她会嫌弃自己，也会让伙伴们厌恶。

“快来，快来！早智也来这边坐啊！”

美佐子扬声说道。

套间里的伙伴们都穿着卡通睡衣。早智子跑到了与这间套房格格不入的伙伴们身边。

#011

到校日的早上，恭子化了一个久违的精致妆容。

自那之后十多天，她都没有再见保田。她不再去图书馆和她家，她感觉羞耻、怯懦。

如果能够发短信的话，她就能马上对保田说“对不起”了，可是为什么她固执地不肯带手机呢。想到这里，恭子不再觉得抱歉，反而开始焦躁起来。

她用高温烫板做出鬈发，涂上睫毛膏与唇彩。她穿好制服，对着镜子弄好裙子，调整好蝴蝶结。她要挺胸抬头地参加久违的早会。镜中的恭子看起来十分果决。

在她不见保田的这段时间里，她就在家里胡乱帮帮忙，然后赚点儿零花钱。她用那些钱去了好久没去的美容院，又在化妆品店里购买了唇膏和身体乳。

恭子走出家门去往车站。明明是周六，但是商店街上却门可罗雀。恭子的影子被拉得长长的。人行横道上，有只野猫仰躺在道路正中呼呼大睡。

恭子发现，今年的夏天就要结束了。整个夏天她都没做成什么大事，只是平平常常地过完了而已。恭子感觉自己的气力正在逐渐消失。从今天开始到第二学期来到只是眨眼间的事了。

恭子过了检票口，刚来到月台，电车就开来了。

乘上电车后，她突然与就座的保田四目交会了。伴随着咻——的一声，恭子正后方的电车门关上了。

“恭子！”

保田高兴地使劲儿挥着手，而且还拍了拍她旁边的座位。她和第一学期时一样，穿衣打扮依然毫无品位。当然她也不可能会说出什么好听的恭维话。那身制服真是可怜。

车厢里人较少，恭子僵硬地笑着坐在了保田身边。她真是讨厌犹豫不决的自己。

“对不起，这段时间……”

恭子不知道保田要说什么，但只听到这里她就低下了头。

“怎么回事？你怎么了？你突然就不来了，我很担心你呢。”

保田的开朗拯救了恭子。但是，恭子非常在意对面座位上一直在注视她的年轻男人。他一直在打量着保田与恭子，恭子没有漏掉他眼中的好奇。保田沉迷于漫展和书的话题之中，因此并没有注意到那视线。

恭子突然觉得呼吸困难，天旋地转起来。眼前的男人并不帅。他穿着走了形的T恤衫，是个极为普通的男人。即便如此，他依然以一副傲慢的样子在对少女评头论足。

我们两个有那么不相称吗？

为什么我会这么在意路人的眼光呢——恭子的眼眶开始发热。如果想和保田成为好朋友，那就必须要习惯这种视线。就在这时，保田突然站了起来，她红着脸，嘴唇微微颤动着径直瞪着那男人道："喂！"

恭子吓了一跳，男人也是大吃一惊。

"你差不多行了！不要再纠缠恭子了！真不像个男人！再不收敛我可要叫警察了！"

车厢里的人都向他们投来了好奇的目光。恭子感觉异常耻辱，恨不得现在就晕过去。

怎么回事，保田似乎把这男人误当成洋二了。他们两个明明根本就不像，而且年龄也不一样啊！

"你说什么！丑八怪！我就是看她一眼怎么了！你脑子有问题吧！"

男人红着脸嘀嘀咕咕地发着牢骚，然后逃到了旁边的车厢里。保田紧握着拳头，瞪着男人离去的背影。

"品川到了，品川到了。"

广播响起，电车开始减速慢行。太好了——恭子抓住保田的手腕，在车门打开的瞬间跳上了月台。

#012

在由京急线换乘山手线期间，恭子始终一脸怒容、一言不发。早智子感到莫名其妙。她拼命追赶着恭子，小跑下了楼梯。

“喂，你为什么生气啊？我帮你赶走那个小混混了啊！”

早智子刚一抓住恭子的手腕就被恭子无情地甩开了，早智子要说的话顿时哽住了。两个人沉默无言地乘上了开往涉谷方向的山手线。

恭子马上坐在了老幼病残孕专座上，身体靠在扶手上。虽然早智子觉得其他座位都空着，没必要坐在老幼病残孕专座上，但她也不得不坐在恭子旁边。

“你认错人了。”

恭子吐气般地嘟囔道。

早智子“啊”地小声叫道，她原以为那人就是那天的小混混。他们两个身高差不多，而且他们看着恭子时的下流眼神也一模一样。

“哎呀——那我可是犯了大错呀。”

早智子垂下肩膀仰望天空。“下次再遇见他时，一定要好好道歉！”她想。恭子夸张地叹了口气，然后眼神凌厉地看向早智子。

“真是不敢相信，我再也不会坐那班电车了。你是笨蛋吗？”

早智子道歉般地缩了缩身体。她很希望能够不惹恭子生气，但她做的事情已经无可挽回了。而且，早智子认为她并没有伤害到恭子，她这样生气真有点儿奇怪。

“对不起！对不起！”

“你根本没觉得做错了，那就不要道歉啊！你不要总是让别人丢脸好不好！”

电车到了五反田，一群穿西装的男人蜂拥而入，几个人看到了坐在老幼病残孕专座上的早智子和恭子后大大地皱起了眉。

“为什么你对别人这么不感兴趣啊！我们遇到洋二才没过多久吧！你怎么这么快就把他的长相忘了？你脑子没问题吧？就因为这样，你才会被人家说成是怪人的！”

早智子一边看着恭子的嘴喋喋不休，一边又开始溜号——原来恭子虽然在意别人的眼光，却能够满不在乎地坐在老幼病残孕专座上。

早智子叹了口气后站了起来，她近前的老人挤了座位。恭子仍然默不作声地坐在那里，她抬头看向早智子时目光犀利。

“涉谷到了，涉谷到了。”

恭子突然站了起来，看也没看早智子就奔向了车门。早智子连忙向着恭子跑去。

“哎，这里是新宿，不是学校啊？”早智子咬着唇问道。

“我在涉谷换乘，之前我说过的。这次你要记住了！”

恭子甩甩长发跳上了月台。车门关闭，电车开动了。

早智子倚在车门上，看着恭子变得越来越小。她还是惹怒了恭子。难道自己真的是这么迟钝的人吗？

可我又不是钱德勒小说里的侦探啊，我不可能记住每个人每件事啊！

早智子凝视着远去的109百货轻轻叹了口气。

#013

返校报到直到中午才结束。在阿名老师说完生活指导问题行过礼后，到校结束了。

老师走了以后，有的同学并没有马上回家，而是与许久不见的伙伴热烈地聊起了天。大家纷纷交换着国外的土特产或纪念照等，到处都是晒黑的如花笑容。

恭子也被她小组里的成员包围了。大家都在说着假期里的情况，气氛十分热烈。

篮球部的秋川雅美刚跑进教室就大声嚷嚷道：

“喂喂，校门前刚刚来了一辆车。好像是谁的男朋友？”

呀啊——教室里响起一片欢呼声，大家立刻都跑到了窗边。

恭子知道小组成员们都在看着自己，她也听到了自己剧烈的心跳声。难道——是卓也？或许他是来与自己和好的。

想到这里，恭子跳下椅子跑了出去。她们的教室就在一楼，她穿着拖鞋直接跑出了教学楼，不到三十秒就来到了校门口。

大门前已经有十几名学生骚动着围住了一辆车。就在恭子跑过来时，那车子开动了。

那是卓也曾说过想要的 Mini Cooper，恭子的手心逐渐渗出了汗水。她看到轿车的副驾驶位置上坐的是同班同学森奈津子。她是班里个子最矮、最不起眼的女生。

“森，加油——”

“男朋友，可别把森弄哭了哦！”

大家兴奋地大叫着，没有人注意到恭子。

从恭子的位置看不到司机的模样，或许车里的人就是卓也。

对，也许是他等自己等得不耐烦了，于是就向中意的女生搭讪，然后让她上了车——就像奥泽朱里那时一样。

“卓也！等等我！”

恭子不由自主地大喊着奋力追赶着 Mini Cooper，几个女生也跟风般地紧随其后。恭子想要甩开她们，于是更加快跑起来。她的喉咙里有种血腥味在蔓延，她丝毫不在意蓬乱的头发，只是忘我地狂奔。

汽车很快就要进入大马路了。恭子透过后视镜与开车的男人目光交会了，他和卓也一点儿都不像。

恭子四肢乏力，她全身瘫软地蹲在了柏油路上。在痛苦地喘息时，她感觉自己更加悲惨了。

她最终还是忘不掉卓也，她和暑假之前根本没有任何不同。而且，就在她和保田一起玩的时候，就连森奈津子都有了男朋友。

恭子咬着唇站了起来，她掸了掸膝头，然后慢吞吞地返回学校。刚才还一片骚乱的学生们已经不知去向。恭子进了校门，穿过教学楼大厅回到了教室。教室里还和几分钟前一样，同学们都在各自的小组里聊着天。有人拍了拍恭子的后背。

“你看，山毛榉的果实！”

保田兴高采烈地向前摊开了手掌，她的手中放着一颗被绿色刺壳包裹着的青色果实。

“这是什么？”

恭子一边迅速环视四周，一边小声问道。保田露出了害羞的笑。

“嘿嘿，我是来为早上的事情向你道歉的。这就是山毛榉的果实。我们不是说好了吗，如果它结了果实就一起吃的嘛！虽然现在它还没有熟透不能吃，但是到了秋天时应该就会很好吃了！”

保田不明所以，恭子被兀自说得高兴的保田惹怒了。保田竟然完全没有发现恭子现在受到了伤害。原来，保田对除自己以外的任何事情都不感兴趣。所以她才能即便独自一人也处之泰然，丝毫不焦躁，连对男人也不感兴趣。以前的自己竟然觉得她这样很酷。这个夏天究竟是怎么了，为什么到处都是以自我为中心的人？就像奥泽朱里一样。

“保田，刚才学校前面来了一辆车，你觉得那是来接谁的？”

恭子低声说完，保田就一副全然不解的茫然模样歪着头问道：“哎？就是刚才秋川说的那个人吗？怎么了？”

“那是森的男朋友。”

“所以啊，那又怎么了？”

保田有点儿嫌烦地说道。与以往不同，她很明显地表示出了不耐烦。看到保田厌烦的表情，恭子感到悲哀，没想到她竟然会被人轻视。

“恭子，你是不是太过在意别人了？那些都无所谓啦！不过是别人的男朋友而已。”

保田略带同情地微笑道。

是你太过不在意了吧！——恭子霎时气得血气上涌起来。

我怎么会对她有好感那么久啊！

“你也是，那果实根本就是垃圾，太脏了，扔掉吧！”

简短地说完后，恭子转身迈步走掉了。她不想知道保田到底会露出怎样的表情。恭子的头在发烧，可是脸颊却冰凉。这样就好，这样就好——她不断在心里对自己说。

“你怎么了，恭子，难道刚才车里的人是那个叫卓也的？”

恭子转回身，发现自己小组里的绫乃正在担忧地看着她。绫乃是班里仅次于自己的美女。她的短裙下尽情展露出修长的双腿，身上散发着杧果的甜香。

“不是，我本以为是的，但不是。”

恭子轻声低语道。对啊，朋友就该像是这样，总是注意对方的情绪，然后推测对方的状态。卓也那件事也是如此，也许大家是真的在为自己担心。那时认为大家很烦的自己是不是太过傲慢了？

“什么嘛，那是谁的男朋友啊？”

“啊，听说是森的！”

“很意外啊？是森哦？没想到她还是个会玩的！下次一定要问问他们是在哪里认识的！”

很快，恭子组的成员们聚集到了一起。

“喂，咱们好久没去卡拉 OK 了吧？我有优惠券哦！”

大家一致赞成美加的提议。

当恭子发觉时，同学们都在看着她们。恭子看得清清楚楚，班里的一切都尽收眼底。

恭子与保田擦身而过，避开了与她的目光交会。

#014

早智子坐在行驶的京急电车中，下一站是鲛洲站。早智子从没被邀请去过恭子住的地方，电车经过今早恭子搭乘的地点后停了下来。

早智子平静地接受了刚才在学校里发生的事。

她被恭子抛弃了。早智子很清楚总会有这么一天，所以她一直在提醒自己不要与她太亲近。

眼泪扑簌簌地掉落下来，汇集在了早智子染了香槟甲油的指甲上。这是恭子帮她染的指甲，她一直保留着。她不知道卸掉指甲油的方法。

真希望能和恭子一直要好到九月啊——早智子从口袋里掏出了自己找到的山毛榉果实，然后一口吃进了嘴里。那果子又苦又涩。早智子皱着眉，马上将它吐在了纸巾里。果实沾了唾液闪闪发光，或许这就是男人的滋味吧——突然想起恭子说过的话。早智子看向窗外——像我这样的女孩子，总有一天也会品尝到那种滋味吧。

电车就要缓缓地驶离鲛洲车站了，站台上响起了 do re mi fa so la xi do 的列车启动音。

#015

在从涉谷车站走到中央街上的卡拉 OK 前，恭子一行人曾被一群男高的学生搭讪过。恭子感觉此前的打击带给自己的影响正在逐渐减弱。

她们蜂拥进了包厢，各自点选饮品。绫乃像平时那样将大家点的东西统一在一起，然后打电话告诉前台。

“刚才那些男孩子蛮不错的吧？而且他们也是五个人，至少和咱们一起 K 歌也不错啊！”

窝在沙发里的麻衣窃笑着道。

“不可能啊！因为他们穿的是 K 校的制服啊！那可是出了名的傻瓜学校呢！你还真是看脸挑人啊！”

“不过，马上就要到文化节了吧，我们还是等着去结识名校里的男生吧？”

早坂冷静地说完，大家全都点头同意了。恭子带着一种怀念之情环视着伙伴们。这气氛，这节奏——真是离开这样的世界很久了。这个夏天的自己是怎么了。

恭子拿过输入式点歌台的遥控器，兴致勃勃地搜索起曲目来。

恭子本想搜索加藤米莉亚，却鬼使神差般地翻到了野坂昭如的页面。这是怎么回事啊。

《玛丽莲·梦露回来吧》。

恭子握紧了手写笔。如果自己唱了这首歌，大家会怎么想呢？——恭子的心狂跳起来。

或许她们会称赞说“这是一首不错的曲子”。如果她们那么说，那自己就这样说——“这是保田教我的”。然后就能向她们挑明自己和保田在暑假期间成了好朋友的事了。对！就这么做！恭子深呼一口气，鼓起勇气输入了曲名。

遥控器迅速转到了早坂手里。在所有人都输入了曲子后，屏幕上出现了歌曲信息：

玛丽莲·梦露回来吧

作词：能吉利人

歌曲前奏流泻而出。

恭子眨了眨眼，她想起了那个雨夜，泥土的甜香在她的记忆中复苏了。

“这是什么曲子啊？”

突然，麻衣大声说道。早坂与美加扫兴地彼此对望。

“这是谁啊，是谁点错歌啦！”

绫乃眉头紧蹙，像是搜寻犯人的刑警般环顾着自己的伙伴。恭子轻轻叹了口气，她笑着拿过了遥控器。与其说她现在感觉有些难过，倒不如说她早就知道会这样，于是她放弃了。更别说这样还会让她多少有些安心。

“啊，好像是我。对不起——”

恭子轻声道歉道。周围响起一片“你想什么呢”“好逊啊”之类的挖苦声。

大家总是在关注我——像是要切断这个夏天的回忆一样，恭子一下子按下了歌曲停止键。

オイスターベイビー｜牡蛎宝宝

奥泽朱里高中毕业已经快要四年了，那个车站的工程似乎还没有结束——

#001

举步走进拱廊遮挡下的商店街就像是走入了宽阔的海洋一样，连起来有一百多米的店铺卷帘门上都画着在海中游荡的鱼虾、美人鱼或是企鹅。如果在午夜时分来到这里，少了来往的行人，这里真就像是深海一样。朱里将COMME des GARCONS的长靴踩得直响，直接去探访这大海了。

朱里一眼就看出这是学院庆典时曾经使用过的招牌，也是用被人遗忘在素描室的画架上的画作，而且还是出自她的好友杉的画作。画面上线条自然、流畅，大胆的构图中运用了令人热情洋溢的色彩。不在乎重画的杉只要稍微感到不满意就会把画面涂抹掉重新来画，因此她完成的作品的图层总会比其他人的厚重。

“公主，你迟到了！快点儿上来吧！”

烟酒造成的沙哑之声回响起来。朱里吃惊地看向正上方，杉从店铺墙壁与拱廊屋顶之间仅有的缝隙中探出了头。假如被偶然经过的路人看见，也许会以为她是悬在夜空中的死人头呢。

“你怎么又上去了，杉，没准哪天你就会掉下来摔死哦。如果被学校知道你死了，可就要取消你的毕业资格啦。”

朱里夸张地皱起眉，随后马上端起她脖子上挂着的相机，对着杉按下了快门。杉这个苗条适中的美女很上镜，她的杏核眼与高颧骨会让人想到她所喜欢画的爬虫类。

“哟呵——今天我请客哦！我老妈给我寄来了冰镇牡蛎哦。”

“哎！真好，我马上过去！”

朱里高兴地向着杉所住的粮食店走去。店门口铺着蓝色的苫布，油漆桶和梯子等也都散乱地放在了门前。卷帘门上画着的海龟正在盯着她看。朱里两手扶着梯子噔噔噔地向上爬，浓烈的酒味已经飘了过来。这家店的主人听说和家人一起住在附近的公寓里。朱里从脱粒机和送货自行车间穿过，踩着嘎吱吱的楼梯上了三楼。

和在大学校园里一样，杉也是这条商店街上的红人。因为大家的好意，她以极为低廉的价格借住在了这个位于三楼的八张榻榻米大小的房间里，这里原来是间储藏室。刚一打开拉门，油画颜料的气味就冲进了鼻子。微暗的房间中，捡来的冰箱、小饭桌与巨大的画布在月光下反着光。当作窗帘的破布在夜风中飘摇着。

房间的窗子高度几乎与拱廊顶部相同。

朱里用力探身向窗外环视着拱廊。位于中心的玻璃屋顶部分因为燃气排放与风雨的侵蚀已经变得污黑，和在下面看上去的印象完全不同。其上还有用作脚手架的被围成 H 形的栏杆。栏杆下面的电线像蛇一样纠缠在一起，延伸向远方。

杉似乎已经很习惯爬上拱廊顶了。她会在栏杆上面溜达，还会像今天一样在玻璃屋顶上喝酒。

“杉，我想吃个火锅。”

杉拿起身旁的酒瓶站了起来，她细瘦的腰身与灯笼裤十分相称。她越过栏杆，从窗子进了房间，就像小飞侠一样。

“火锅好啊，现在已经十月了嘛！”

杉拉动灯绳打开了电灯，随后打开了冰箱。

“你的卷帘门画作快要完成了吧。广岛的大海有那么美吗？”

朱里把相机放在饭桌上，然后坐在了窗边。她拿出今天抽的第三盒骆驼香烟，然后点着了一支。

“怎么说呢，宫岛的大海也开始变脏了。因为缺钱维护啊。”

商店街会长委托她制作的卷帘门画不过是她所承接的众多工作之一。对没有打工经验的朱里来说，她很好奇杉究竟什么时间才能睡觉。

杉把电热炉放在饭桌上后打开了开关，这个似乎是为了熔化日本画中所需要用的胶才弄来的。

“我小时候就想过在卷帘门上作画，那样就能让大家都发现绘画的乐趣了。”

杉留着金色的短发，鼻子上还有鼻环留下的印记。据说她高中时相当荒唐。那时她每晚都会和不良少年一起在广岛的中心地带——八丁堀的商店街上，用喷枪在店家的卷帘门上乱涂乱画。这曾让她经营日式煎饼店的妈妈非常头疼。

然后，大学考试落榜的她竟然以保送生的身份进入了大学，这不免让所有人都佩服不已。大学二年级时，她获得了美术杂志的新人奖，如今毕业在即的她已经成了公开招募以及设计大赛优秀奖上的常客。

“我今晚可以住在这里吧？”

“可以是可以，但不要紧吗？英次先生不愿意你外宿吧？”

杉虽然看起来粗鲁，但其实却格外心细。她是朱里二十二年的人生中交到的第一个好友。

朱里一直不善于应付同性，虽然她曾在私立贵族女校上过高中，但每天都过得很痛苦。父亲是著名摄影师奥泽英次的朱里很容易成为他人找麻烦的对象。

自从朱里考入了男女混校的美术大学后，她总是在尽量接触异性。

“我爸很喜欢你，没关系。但我要是去男朋友家什么的，他就相当不舒服了。”

“哎，你还能平心静气地告诉你爸要去男朋友家过夜啊！亏你还恋父呢！”

杉握紧美工刀，动作熟练地撬着牡蛎。牡蛎壳上带有几层灰色的环，像陨石一样的贝壳一撬就“啪”的一声打开了。在看到牡蛎肉的同时，房间里也弥漫出一股海潮的味道。

“我家也是单亲家庭啊，可我就没敢这么做啊！对了，淳之介还活着吗？好像在大学里也基本看不到他嘛！”

朱里最近不怎么和大二起就开始交往的同班同学田岛淳之介见面了。

“他每天都在说着就业就业的，最近他还去面试了报社的设计部。大学里学了四年油画，然后要去做制图、做表格的人，这也太没自尊了吧？”

说着说着，朱里就想起了两人上周的争吵。心情不好的朱里又点燃了一根香烟。

“我班里的同学也都在朝着内定名额拼命呢。既然那么想要就业，那还考什么美术科啊！直接去考设计科或是平面设计什么的不就行了。”

“绘画，雕刻……啊。日本大概不需要美术人才吧。而设计科却有很多企业抢着要，的确是让人羡慕啊——”

“哼，设计科不过就是高级专业学校嘛！一个劲儿地闷头学些能够在企业中用得上的实战技术之类的！这叫什么造物者啊？”

“好啦好啦，消消气吧！”

杉把火锅放在电热炉上，然后笑着放进牡蛎与蔬菜。

“淳之介很拼命吧？我觉得那是他想要毕业以后能够养活你啊！”

“啊——那我还是敬谢不敏了，这可太沉重了。”

朱里夸张地皱起眉头，但心情却并不糟糕。淳之介很受社团里女孩子的欢迎。他虽然肌肉发达，但是身材匀称、挺拔，大家都说他和素描用的马尔斯石膏像长得很像。

火锅开始加热，锅中飘出了味噌的香味。

“你这人这么毒舌，怎么还那么受欢迎啊，公主。好像那个小少爷岛根也还没对你死心呢！”

朱里明明不是什么美女，但是她却从不缺恋人。这连她自己都觉得不可思议。杉抱着广岛名酒“雨后之月”的酒瓶，将酒倒进了纸杯中。朱里酒量不大，只喝了一口就不喝了。

“话说回来，为什么只有我这么不受欢迎啊！至少在高中时还有人会向我告白呢！难道小混混和美大男生的审美不同吗？……啊！饭后我们来看《无仁义战争》吧！”

“啊，再看就是第三遍了。看够了……”

朱里刚说完，杉马上就反驳道：

“《代理战争》和《广岛死斗》每个都只让你看了一遍啊！我都不知道还有说饰演菅原文太的广能和 Perfume 的坏话的人！”

“可菅原文太是宫城人啊！而 Perfume……反正他们就像是在原样照搬。完全感觉不到他们想要表达什么。”

“公主，你还是只会说 NO 啊！”

杉无聊似的耸耸肩，然后开始收拾餐具。

“我说，杉你毕业后做什么啊？你不会回广岛是吧。”

“嗯。我老妈自己一个人，我是有点儿担心，但我还要留在东京，像现在一样一边打工，一边努力画画。啊，你和英次先生的联合展出也快开始了吧？”

“哪有呀，你可别说得好像我多了不得似的，我只是在爸爸的个展上放了几幅作品而已。”

虽然有点儿难为情，但朱里依然顺顺当当地回了话。她很自然地拽了拽相机带。

“公主就快出道成为摄影师了啊，这可要祝贺一下。”

朱里很不好意思地在便携烟灰缸中摁灭了香烟。背对着朱里开始洗碗的杉嘀咕道：

“但是，真是有点儿遗憾啊，我很喜欢你画的画啊……”

朱里一顿，随后开始用手指弹起了新拿出的香烟。油画科二年级时，朱里已经打算放弃自己绘画方面的才能了。否则，如果自己总是在杉身边，她就要体会到自己的耐性不足有多么令人讨厌了。

“你画的画虽然使用的是油画颜料，却有种透明感，我非常喜欢。它与我的浓墨重彩正好成对比呢！公主你从来不会犹豫呢！”

不会犹豫——

朱里无声地掐灭了香烟。

朱里在这四年里始终都在犹豫。她想忘记一切，持续钻研自己喜欢的东西。版画、日本画、电影制作、陶艺——虽然她学习什么都很聪明、机灵，但是却总也坚持不住。

最后只剩下了摄影。因为她讨厌被别人说成是借了老子的光，因此她一直都在对始终进行的事情感到犹豫不决。但只要她开始拍照就会感觉快乐无比。喝了一半的卡布奇诺、清晨的月台、杉的睡脸——她一直都陶醉于拍摄不经意间的日常风景。她最喜欢的爸爸会亲自指导她。她非常后悔，后悔为什么没能更早点儿开始摄影呢？只有触摸到相机时，她才能够知道自己的归处，心里才会感觉温暖。

“来年我们也能像这样在这个房间里一起吃牡蛎就好了！”杉感慨地自语着，随后就豪爽地笑了起来。

“明年这时候我会开个展，就在靠近你家的松涛附近。干脆我就租个房子吧！”

杉用长勺敲了一下朱里的额头，然后大敞开窗子。她跨过窗框，再次跳上了拱廊的栏杆。

“别上去了！”

“不用担心啦！公举真是胆小鬼啦。”

杉醉了，兴奋地说起了广岛方言。

朱里只能单手照顾杉。只要和她在一起，朱里总会觉得自己是和她有差距的普通人。可杉在高中时明明是个问题学生。

杉在栏杆上摇摇摆摆地轻跳着。

#002

在校庆前两周，淳之介收到了报社的不合格通知。

“我本来还挺有自信的啊，到底是哪里不行呢？”

来到超市的蔬菜区时，他还在叨咕着这件事。朱里和他十天没见了，可他却只惦记这件事。朱里厌烦地将蘑菇、菠菜等扔进了购物篮。或许是下北沢出产蔬菜的缘故，与她平时去的超市相比，这里卖的菜价格便宜得不敢想象。

今天他们要祝贺淳之介的好友山村获得了公司内定。同学们都要在他住的公寓里吃火锅，而作为干事的他们两个则到距离车站最近的超市里买东西。

“现在发愁也没什么用啊！下次再努力不就好了嘛！”

“离毕业就剩四个月了，我要认真准备毕业设计了。”

朱里的心情又糟了一分。其实，朱里可能会没法毕业，她的课题上交延迟让她丢掉了很多学分。虽然剩下的分数都要靠毕业设计来补救，但她现在只对摄影感兴趣。

“真羡慕山村啊！他要当包装设计公司的设计员了。”

“可我都没听过那家公司啊？而且他明明是学日本画的，去做一份设计盒子的工作不是很奇怪吗？”

朱里为了鼓励淳之介才这么说的，但淳之介却什么都没再说。他那本来由于身高过高而微驼的背更加弯了起来。

两个人走向海鲜区，朱里四处张望着，寻找适合做火锅的材料。她看到了包装好的生食牡蛎，不由自主地伸手拿了过来。

这种用盐水浸泡过的牡蛎和前一阵子杉请她吃的牡蛎一点儿都不像。它们颜色暗淡，软塌塌的一点儿都不新鲜。

“再这样下去，我可能就要家里蹲了。”

朱里背后的淳之介又嘟囔了起来。朱里强忍住想要大声对他吼“你有完没完”的冲动，把牡蛎放回了食品架。

“就是那样也没什么啊。如果你工作没定下来的话，明年可以和我还有我爸爸一起去摄影旅行啊，从巴黎到柏林，三个人一起一定很快乐的。”

“又说起你爸爸。”

朱里不明白淳之介的声音中为什么会透着厌烦。

“你可真好啊！”

淳之介的脸在冷藏柜的冷光映照下看起来极为憔悴。

#003

火锅散发的热气让窗玻璃结出了水珠。

小公寓的一间房中，一群男学生正吃得热闹，主角山村红光满面地接受着大家的祝福。

朱里本以为今天只会有自己一个女生，没想到还有一个设计科的女生也来了。总之这人没什么意思。朱里与她的目光一接触，她立刻挪动位置坐到了朱里旁边。

“咱们一起上过信息课，我是松田美咲。我经常听田岛提起奥泽你。你是奥泽英次先生的女儿是吧，我是他的粉丝。”

她的小圆脸上露出和蔼可亲的笑容，并且向朱里递上了名片。

“这次你们父女要一起举办摄影展吧？请一定要送我一份DM!”

朱里点着香烟，由上至下地打量了一遍美咲。她穿着蛋皮色的轻飘飘的西服，别着熊猫胸针。哼，是个暖心小女人啊——朱里一边在心中毒舌地想，一边对她说：“你的胸针真可爱啊。”

刚说完，美咲就立时兴高采烈起来。

“谢谢你！我非常喜欢熊猫主题。我希望能够从事人物设计的工作，现在正在找工作。”

被她这么一说，朱里才发现她递来的名片上也有熊猫标志。朱里并没有要她做什么，但她却从自己的布艺提包里拿出了一个薄荷绿的本子。朱里原以为那是她的画集，但那好像是她的文件夹。上面粘了纯白的绒毛，就像飘浮在空中的云一样。

“美咲真厉害啊，已经获得两家公司的内定了。”

朱里发现时，淳之介正从身后看着她们。他喝了罐装发泡酒，因此脸颊微红，他的态度十分爽朗，和之前截然不同。

“没什么，我并不想去那两家。倒是田岛你差一点儿就被内定下来吧。那样的大公司，竞争一定很激烈吧？”

“我和你不知为什么总会在公司说明会上遇见呢！”

很明显，淳之介要比和朱里在一起时更加生气勃勃，朱里的不快之感油然而生。

“我回去了。”

说着，朱里站了起来，男生们夸张地“哎”了一声。

“怎么了，公主。你要回去了啊——”

“可惜，还想让你在这儿多玩儿一会儿呢。”

就在朱里心里好受了些准备坐下时，“车站离这儿不远，你自己能回去吧？”淳之介在她身边小声说道。朱里霎时火冒三丈，她想拔腿就走。

“啊，我也得走了。我送你！”

房间一角有人出声道，原来是与朱里同班的岛根明人。他穿着长袖防水外套，这件衣服大概是特意按照他的短小身材定制的。衣冠楚楚的岛根在一群身着泛白 T 恤衫的学生中十分显眼。

在一片愉快的笑声中，朱里和岛根离开了房间。

“好久没像这样能够和你单独说说话了！”

两个人并肩走向车站。岛根比朱里还要矮上几厘米，而且腿也短。他抬头看着朱里，两腿不停地快速倒换着，只为能够与朱里步调一致。

岛根的父母是有名的建筑师，因此他有钱也能花钱。他的眼镜和包都是上等货。

“你下个月就要和父亲一起开个展了吧，真是了不起啊！不愧是朱里啊！是在哪里展出？我会去送花的。你喜欢什么花？”

岛根坚持要送朱里回到家。

“不用了，出了町田就有横滨线了。我已经和杉说好去她家了。”

朱里不过是随便找了个借口而已，但当话出口时，她却真的很想见到杉。

“没想到你俩关系这么好，怎么看都觉得你们是千金小姐与不良少女啊。听说她身上全是文身，是真的吗？”

“这个啊？——我不太清楚呢。”

杉的全身都是美丽的蜜色肌肤，朱里是在与杉的两次温泉旅行中得知的，但她却故意含糊地道。岛根像女人一样怯生生地抬眼看着朱里。

“田岛和设计科的松田关系挺好的，我经常看到他俩一起在食堂吃饭。”

朱里无所谓地耸了耸肩，丝毫没有一点儿不安。别看淳之介那个样子，但是他却既有男人味又耿直，而且他也不太善于和女生说话。

“那种柔柔弱弱的普通女孩子最让人头疼啦，就算和她们在一起也没意思。”淳之介经常这么说。

朱里来到车站，下楼来到了小田急线的月台上。岛根也跟来了。十点多的月台上乘客很少，十分安静。

“奥泽，我很担心你和田岛交往得是不是很顺利呢。”

这种话里有话的语气让朱里感到着急。大学四年里，岛根总是像这样朦胧地向朱里传递着他对她的好感。

“岛根，你毕业后要做什么？”

“嗯？我会去其他大学进修，我想重新学习美术史。而且，我也还没像其他人一样决定好出路。”

“是啊。”

岛根悠然自在的回答让朱里大松一口气。

“来到这车站就会让我想起很多往事。”朱里“嗯”地伸了伸腰深呼吸道。空气清新而凛冽。

“啊，对啊。奥泽你的高中就在这一沿线上吧，我妹妹的朋友正上那个高中呢。”

这种时候，岛根就会与杉或者茨城出身的淳之介大有不同。朱里很快就和在东京出生并且毕业于名门私立男高的岛根在某些方面产生了共鸣。

“奥泽你穿过那种西服式样的制服啊，一定很可爱吧。”

看着眯起眼睛装可爱的岛根，朱里立刻感到有些反感。于是她故意粗鲁地开口道：“我最讨厌学校，女人最阴险了。我经常逃课的，从这里坐快车去江之岛。”

“哦——还真像是你会做的事啊！”

朱里突然记起了一个场景。

一个晴朗的早上，还是高中生的朱里在这个月台上正在怂恿同班女生去海边。

——好不好嘛。今天咱们翘课吧！

自己后来和那女生怎么样了呢？最后还是没去成海边吧。那个女生叫什么来着？那女生像岛根一样，她会抬起光彩夺目的眼睛看着自己。

“朱里！”

朱里回过神时，眼前出现的是岛根剃过胡须的脸。没等朱里反抗，她已经被吻了。

“电车进站，请在白线内……”

令朱里感到吃惊的是，岛根的口腔内温度刚好，朱里也并不讨厌他唾液的味道。他的头发上也散发出辛辣提神的薄荷香，味道十分好。

“你能明白我的心吧？”

朱里慌忙推开他，他踉跄着退开时性急地问道。

“啊，你这是干什么啊？”

真正感到了畏缩的朱里一边后退一边看着别处说道。朱里轻笑着，像是要摆脱这令人尴尬的气氛。特快电车适时地驶入了月台。朱里庆幸地立刻跳上了电车。车门关闭了，岛根伫立在月台上，可怜兮兮地看着朱里。朱里玩心大起，透过车窗给岛根拍了一张照片。表情茫然的岛根逐渐远去。

朱里笑嘻嘻地靠在车门上。

就在这时，她突然想起了那个女生的名字。

立花希代子。

好像自己在和她关系很好的时候也发生过这样的事情。想到这儿，朱里立时感觉身后一片恶寒。

#004

“我老家把这种牡蛎叫作‘爱丽丝的牡蛎’。”

杉用炭炉给朱里烤了再次从老家寄来的牡蛎。她从贝壳中将牡蛎肉整个剥出倒进小碟中，然后撒上醋和胡椒。

与朱里刚去的山村家不同，杉的房间寒冷而空荡。

画架上的大号画布上横陈着接近完工的裸体妇人像。画中人的身体大半覆有鳞片，眼瞳则是绿色的。杉虽然人气十足，但是她并不太喜欢在众人面前露面。

“这可是让牡蛎最好吃的方法。”

杉郑重地说着，然后将小碟递给了朱里。朱里鼓起两腮，大口大口吹着滚烫的牡蛎。简单的调味使牡蛎的鲜味变得更加浓厚了。

“嗯，好吃。那这个为什么要叫‘爱丽丝的牡蛎’啊？”

“《爱丽丝镜中奇遇记》里不是有一首《海象与木匠》的诗吗？里面有双胞胎问他们两个谁是坏人的那个。”

杉突然站起来打开冰箱，拿出了啤酒罐。

“海象和木匠欺骗了牡蛎宝宝，然后吃掉了它们……”

“嗯，而且在吃的时候，木匠说‘要蘸着胡椒和醋吃’。”

“哎——哈哈，是这样啊。”

朱里仰头大笑着点点头。比起说这些闲话，朱里更想告诉杉，她被岛根强吻了。她已经话到嘴边，就快要说出来了。

“你的脸蛋怎么这么红啊？你发烧了吗？不会是得了流感吧？”

杉放下手中的啤酒罐，担忧地侧头问道。好机会，好机会！——朱里装模作样地笑道：“哎？我和平时不一样吗？今晚发生的事一定要说吗？要是被大家知道了可糟了——”

“是吗，那就不要说啦。”

杉爽快地打断了话题，这让朱里心里很着急。杉的这一点既是她的优点，也是缺点。

“你觉得《海象与木匠》里谁是坏人？”

又是这个话题啊——朱里开始感觉好烦。

“是木匠吧？因为那家伙是故意的。可是海象却反省了，也哭了。”

“我觉得海象才不能原谅。”

朱里回神时，发现杉一边喝着啤酒，一边在画布前死死盯着裸体妇人像。她的侧脸看上去十分危险。朱里第一次发觉她的脸颊要比第一学期时消瘦得多。

“如果他真的感觉对不起牡蛎宝宝，那就算是哭也没用吧。就算勉强，海象也该说着好吃，然后把它们吃掉。海象是在用眼泪让自己从犯罪的意识中逃脱出来。”

“这……这样？”

朱里想要一笑了之，但看到杉认真的双眼，她突然闭了嘴。

“反省什么的不就是想要逃离感伤吗？那就是想要把自己转变为被害人，然后轻松地生活。我绝不要成为那样的人！”

说着，她握紧抹刀，在裸女像上涂上了白色颜料。朱里小声叫了起来。

一年级时的杉也是这样，朱里忽然想起来了。

上课时总会涂抹掉画作的杉曾被教授训斥过。

“再怎么说你重画的也太多了。杉田，上色之前要稍微思考一下。”

“老师不是说油画可以反复重画吗？”

脸上满是颜料的杉犹有不甘地回嘴道。看到这一幕的朱里不由得开始佩服起她来。

“对不起，公主！今晚你别住这儿了行吗？我得熬夜完成这幅画。明天我还要去打工，给电影公司的时代剧画拉门。”

杉一脸疲惫地静静俯视着朱里道。朱里在便携烟灰缸中捻灭了手中的香烟，然后又笑着从烟盒中取出一支。

“知道了，那我抽完这支烟就走。”

“抱歉啦，你真好！”

朱里缓缓地吸着烟，透过窗子俯瞰着拱廊。

#005

朱里的身体刚一沉入猫爪形的浴缸就又马上轻轻浮出了撒满玫瑰花瓣的水面。

朱里四肢舒展着，深深吸了吸玫瑰的馨香。天花板上映出的大浴缸波光粼粼，朱里都快忘了现在是深夜。只有供儿童戏水用的小黄鸭才能让人想起这是一个住宅里的浴室。

“朱里，洗澡水够不够热？”

磨砂玻璃后面映出了一个苗条的身影，那身材苗条到根本不像生过孩子。

“琉璃子，谢谢你！很舒服。”

“我才要谢你呢。今天我家院子里刚刚剪完枝，到处都是花草什么的。我把毛巾和浴巾放在这里了。”

突然闯到她家来真是太好了。从杉所住的街区打车到横滨元町不过三十分钟。

今年三十四岁的琉璃子是朱里同一高中毕业的前辈，她也是建议十五岁的朱里考取美大的恩人。她在四年前从柏林留学回来后就和知名的广告设计师西门结了婚。

朱里已经有三年没来过这里了，她上次来时浩辅才刚刚出生。

朱里在宽敞的换衣间里披上了浴巾，那浴巾就像羽毛一样轻。

“对不起！这么晚了还突然来打扰。”

从客厅的大玻璃窗能够环视到灯火通明的庭院。那是一座完美的蔷薇园，它漂亮得足可以登上装饰杂志。庭院里的蔷薇乍一看去像是自然而然繁茂成长起来的，其实园中花朵的色彩、高度等都是经过严密的计算得出的，很像琉璃子所画的画。

“没关系啊。浩辅睡在二楼，我老公今天看来也要半夜打车回来了。能够见到好久不见的你，真是开心啊。咱们吃点儿什么零食吧？”

琉璃子从厨房出来，手里端来了满满一壶冰玫瑰茶。朱里接过冰凉的茶杯，神采奕奕地一饮而尽。

琉璃子鼠灰色的连衣裙衬得她肤色白皙，加上她身为人妻的沉稳，让她越发美丽了。

“这里好多蓝色的物件啊！”

墙上的油画、粘贴画、装饰架上的摆设、香水瓶等虽然看上去都像是信手拈来又相得益彰，但其实这些都归功于它们在色彩上的统一。

“我在美大读书时专业是日本画。日本画中制作岩画的颜料都是从天然矿物中提取的，价格非常贵，尤其是蓝色碳酸铜颜料以及天然琉璃等漂亮的蓝色更贵。”

琉璃子一边在巨大的木桌上切着黑面包一边说道。

“琉璃啊。”

“呵呵。为什么和我同名的这个颜料会这么贵呢，我当时真是吓了一跳。那时我就想，如果有天我能随便花钱，那我一定要住在满是漂亮的蓝色的房间里。”

“真好啊，你的梦想实现了。”

波兰品牌的深蓝色餐盘中放着奶油芝士鲑鱼三明治。朱里高高兴兴地坐到了桌边。

“朱里，你真的觉得我的梦想实现了吗？”

朱里大吃一惊，急忙瞧琉璃子的脸色。于是两个人对视了片刻。

“嗯，当然啊。你和西门先生这样的有钱人结了婚，有了这么棒的一个家，而且浩辅也很可爱。你什么都有了啊！”

朱里脸上浮现出不自然的假笑，心里也在战战兢兢。她之所以很久不见琉璃子也在于此。当她知道结婚后的琉璃子不再画画时，她受了打击，感觉自己被狠狠地背叛了。

“朱里，你毕业后怎么办？”

“我想一边给爸爸帮忙，一边学习摄影。下个月就有联合展览，你一定要来哦。”

朱里对她微笑道，但琉璃子却像是完全看透了她似的紧紧盯着她：“你不再画画了吗？你本来是很有才的。真是可惜了啊！”

朱里开始感觉有些不快起来。——这应该是我说的才对。

“对不起！因为我和你非常像……所以我有点儿担心你。”

听到琉璃子说两个人像，朱里顿时很反感。刚才还让她感觉舒适的这个房间突然就变得如同模型屋一般疏离了。琉璃子为朱里倒了一杯热红茶。

“……在我去柏林之前，我是真的认为回国后自己就能成为凭借绘画谋生的人的。但是……”

朱里目光低垂，硬将三明治塞进了嘴里。黑面包又硬又酸，难以下咽。

“自身条件不好但努力的人太多了。看过他们后，我就再也画不出来了。”

朱里想起了两小时前见到的杉，想起了那个像是在对画布发起挑战的身影。

“我想现在的你也可能是这样……东京私立女校出身，生活环境优越。被周围的人呵护惯了，所以没能培养出追求精神。”

“但是，我和你还有其他人不同！这次我会认真开始摄影。”

朱里抬起头，直接瞪着琉璃子说道。自己在女高的三年里并非像琉璃子所说一般过得悠闲惬意。她被同学欺负过，因此一度十分拘谨。

“但是，那时候你是画得最好的是不是？我那时也是，你也是。”

朱里大吃一惊，终于把面包咽了下去。

的确，虽然那所高中令人讨厌，但是无论自己画得多么随意，在美术部里却总是第一。无论个性、品位都没有哪个人比得过自己。所以她才会觉得绘画非常快乐，着迷般地每天对着画布。

“你和立花希代子联系了吗？”

“怎么可能！”朱里眼睛盯着膝盖，语气倨傲地回道。琉璃子像是要说些什么，但最后还是改为了温柔的低语：“对不起啊，和你说到了这些。个展什么时候开？我一定会去的。”

#006

“请在七点前离开。明天请大家动手搬东西、打扫。”

校园广播员的声音中也带着笑意。学园祭最后一天，学生们在校内通宵饮宴已经成了教职员们默许的例行活动。

朱里走在漆黑的中庭里，突然有个陌生的女生抓住了她的手腕。

“一会儿我们要去文化馆前开时装秀了，你去不去啊？”

穿着几层薄纱做成的礼服，化了浓妆的杉美得惊人。今年她又被叫去担任织品科的时装秀模特吧。

院子里到处都是一脸喜悦、欢声笑语不断的学生。朱里隐约看见巨大的招牌被摘掉了，帐篷也被叠了起来。

“我不去了，我不太认识织品科的人。”

“这样啊，那我就不勉强你了。那个，你没事吧？那个真是遗憾啊。”

杉担心地看着朱里说道。朱里故意露出一个明朗的笑。

“你说什么？啊，你说个展？我根本不在意啊。我就是玩玩。”

尽管朱里这样说，杉还是没有放开她的手。远处传来一群女孩子的叫声：“杉姐——快点儿！”

杉留下一句“过后给你打电话”就走了。

文化节、学园祭、合唱比赛、运动会，朱里以前就很不擅长这些学校活动。每个人都像是得了热病似的吵吵闹闹，一旦发现一个健康的，那她就会受到大家的集体攻击。

朱里缓缓横穿过中庭，风中带了点儿细微的火药味。朱里望望四周，随后潜入了校舍。月光映照的走廊里，一束月光久久相伴。朱里听到了远处传来的人们的欢声笑语。

朱里刚跨进经常使用的教室，黑暗中就伸出了一只手。

“朱里！”

iPhone 液晶屏的光线映照出了岛根的脸。白天教室里用来展示的油画板、画布都还没收拾起来，为了不撞到它们，朱里和岛根两个人慢慢地靠近对方。

“你来晚了，我还想给你打电话呢。”

“哦——你真来了。”

朱里故意兴味索然地低语道。

“那当然！如果不是在这里，我就没办法和你单独相处。不知道会在哪里被人看见啊。”

岛根转到朱里背后，然后紧紧地抱住了朱里。朱里很讨厌岛根这样偷偷摸摸，因为岛根本来也没有那么引人注意。两个人在讲台上最高的地方坐了下来，透过最近的窗子看着圆月。

“下次咱们去哪里旅行吧，就咱们两个。”

“哎，要住宿？那样淳之介就会发现的。”

都是丢下我不管的淳之介的错——朱里在心底这样对自己说。瞄准游戏界再次进行就职活动的淳之介比此前更忙了，他们之间的邮件与打电话的次数都减少了。

朱里觉得，这种时候不在自己身边的人，已经不能叫作恋人了。

上周，朱里和爸爸预定开个展的画廊老板邀请她吃了饭。朱里从小就认识他，早将他看作是自家的叔叔了。可平时那个总是温和地微笑着的叔叔却突然一脸严肃地告诉她：“我看了你的作品，但你的照片不能和你父亲的作品一起展览。作为常年支持他的伙伴，只有这件事情我不能答应。真是对不起了。我不想再说其他的了，你以后就把摄影当作爱好吧。”

之后，朱里不记得自己是怎么回到家的。就在朱里蹲坐在床上时，岛根正巧发来了邀约自己去兜风的短信。不想独自一人的朱里于是立即同意了。自那之后，两个人就总会见面。

岛根熟知美食与电影。他开着他父亲的COOPER随时随地都能来接朱里。他提前送了朱里一副HIROFU的羊皮手套作为圣诞节礼物。总之，他不像淳之介那样总是对自己说教，这一点很好。即便朱里告诉他，她的联合个展取消了，他也没有说出任何批评她的话。

“怎么办啊？”

就在听到声音的那一刻，眼前的玻璃窗突然从外侧被撞开了。

手电筒的光一下子照了过来，朱里和岛根赶忙遮住脸。从窗子进来的人正是杉。她还是一身模特装，为了爬窗进来，她还把裙子全都翻了起来，里面的衬裙都露了出来。朱里和岛根都呆住了，坐在那里一动不动。风从外面吹了进来，吹散了房间内浓浓的甜蜜氛围。

“哎呀，我没注意到。没想到你们两个在交往啊！”

杉毫不客气地大声说道。她跨过两人，点亮了教室里的灯。

荧光灯的强光直刺眼睛。

朱里身旁的岛根脸色发青，眼镜也掉在了地上。朱里发现岛根的手微微颤抖时，她幻灭了。杉把倒在教室一角的日本酒瓶扛在了肩头。

“我是来取东西的。你们两个是在幽会吧，真是吓了我一跳。”

“杉，那个……这件事……”

朱里连忙看向杉，杉紧抿着嘴，用力点了点头。

“我没想责怪你们，但是你们最好尽快和淳之介说清楚。”

岛根小声地“嗯”了一声。

杉不客气地走到岛根面前，两手一下子按住了岛根的肩膀。一声哀鸣从岛根嘴里跑了出来。

“说句实话，我一直很担心淳之介是不是能够成为朱里的依靠。”

朱里目不转睛地盯着杉。

“我觉得那家伙养不起朱里，只有长得漂亮是没办法结婚的。我是穷人家的孩子，所以非常明白这一点。尤其朱里还是这样的大小姐。在这一点上来说，你是个真正的有钱人，而且四年里一直都在惦记着朱里是吧？我就放心地将朱里的一生交给你了。”

“啊，一生？”

岛根仍旧带着哭腔问道。杉很快露出阳光般灿烂的笑容，硬拉着岛根的手与朱里的叠在了一起。

“今后，我好朋友的一生就托付给你了！毕了业你就娶她吧！我真心支持你们！”

头戴花冠的杉如同红桃皇后一般，完全不给朱里和岛根任何提出异议的机会。

朱里完全忘了杉的这种小混混习性——她会马上把恋爱与结婚联系在一起。

#007

“你以后别再那么说了！”

突然听到淳之介声色俱厉的指责，朱里一下子醒了过来。今晚朱里住在了很久没来过的淳之介租住的在菊名的公寓。淳之介正在熨烫面试时要穿的衬衫，朱里靠在他背后看着杂志打起了盹儿。

“啊，你在说什么？”

“之前你在食堂里对设计科的学生说的话！”

什么嘛！朱里轻笑了下。

一刹那，她还以为是她和岛根的事情露馅了呢。透过敞开的窗子，朱里看到外面淅淅沥沥地下起了雨。

自从被杉发现后，朱里再没和岛根见过面。他们最好还是不要被正处于亢奋期的杉看到比较好。虽然这是他们两个商量后做出的决定，但朱里还是有些不满。如果对方想要借此逃避，那可就没意思了。

“喂，你在认真听吗？”

淳之介再次严厉地道。朱里无可奈何地合上了杂志。

大约一个小时前，朱里和淳之介正在食堂吃汤面。他们邻座的美咲和她的两个同班同学正在叽叽喳喳地闲聊。淳之介时而会插嘴和她们说上几句，或者随声附和。

如果不是和朱里在一起的话，他恐怕早都搬去那一桌了。

“然后啊，在那个三人展之后，你们猜猜谁和我说话了？是北村香奈子啊！”

梳着丸子头的女孩子刚说完，美咲就和另一个学生抱在一起，“呀”的一声兴奋地大喊起来。北村香奈子是这所大学的毕业生，三十岁的饰品店老板兼设计师。她经常出现在杂志等媒体上。

“好厉害啊，多田！你离珠宝设计师的梦想又近了一步！”

美咲欣喜地拍了拍叫作多田的女孩子的肩膀说道。

“哎呀，才不是那样啦。不过，她说让我下次带着作品去她的事务所。”

终于喝完面条汤的朱里冷不防说道：“是那个香奈子吧。我和她很熟呢，她和我爸爸很好。”

两桌人一下子安静了下来。多田呆若木鸡，美咲一脸为难地看向朱里。淳之介突然站起来跑去厕所，朱里急忙在后面追。

刚才就一直沉默的淳之介看来是在为这件事赌气。

“你再别用那种方式说话了！多田本来很开心的。我这都是为你好才说的。”

淳之介拿出少有的认真表情教导着朱里，朱里感觉自己似乎受到了伤害。

“认识就是认识，我这么说很正常啊。她不高兴是她的问题吧？”

“你对多田说你们是熟人，你打算做点儿什么！”

朱里无言以对，她伸手拿过放在折叠桌上的香烟。北村香奈子的确经常来父亲的事务所里玩。只不过是认识了名人就误以为前途有望，撒欢儿似的说笑的多田等人简直是太愚蠢了。

“我知道你因为你父亲拥有很了不起的人脉。但是，你也该稍微注意下场合吧。大家都是很努力的。”

“你说什么，注意下场合？我最讨厌这句话。我也讨厌说这句话的人！”

眼角突然发热，朱里赶忙装作打哈欠的样子。她觉得眼前的恋人与高中时代欺负她的那些孩子的形象重合在了一起。

看看场合！配合大家！不要与我们的意愿相左！

那些女生的带头人就是立花希代子。朱里原本以为自己和她很要好，但她却在不知不觉间串通班里所有人一起来攻击自己。

那时朱里就曾想过，如果自己变成了大人就决不让自己再次遭遇这样的蠢事。只要自己能考上美大，就会和一群画画的伙伴在一起，一切就都能解决。

“今晚我回去了。”

朱里急忙站起来奔向门厅。在穿长靴的时候，她稍稍抬头看了看淳之介。背对着她的淳之介又拿起熨斗烫起了衣服。

看到淳之介并没有要追上来的意思，朱里一圈圈围好围巾，戴上岛根作为礼物送她的手套，然后粗暴地摔门走了。

雨已经停了。朱里一边走向车站，一边给岛根打电话。

“啊，喂。”

听到岛根略微高亢的声音，朱里心底松了口气。

“喂，你现在马上来接我。”

“哎，出什么事了？”

岛根的犹豫不决让朱里一下子火了，她就快看见车站了。

“事情败露了，淳之介知道了。”

电话那边传来了轻微吞口水的声音。

就在朱里要过检票口时，电话那端传来了岛根有气无力的声音：

“怎么办……田岛生我的气了吧？是杉田告诉他的吗？”

岛根怯懦地一遍遍问着。朱里强忍着大骂他的冲动道：“别担心。我和淳之介分了后一定会和你交往的，咱们说定了。”

东横线的月台十分宽敞，湿冷的风吹进月台，朱里火烫的脸颊变得凉快起来。

朱里并没有带着自暴自弃的心情去说那些话。她渐渐发觉，岛根和自己远比自己和淳之介要合拍得多。而且杉也说会支持她。而朱里最看好的就是岛根不会急着确定自己的未来，他会优雅地为将来做准备。

“虽然这样我会大出风头，但也会很为难啊。”岛根惊慌失措地道。

“对不起……朱里，我都不知道你会这么认真。”

朱里不由自主地闭上了眼睛。特快电车驶进了月台，它带起的风吹乱了朱里的短发。

“我知道了。”

不等岛根回话，朱里已经挂断了电话。我怎么会为这种事情哭——朱里用牙咬着手套的指尖将两只手套拽了下来，她很想将它们统统扔进铁轨。

朱里转身，硬撑着身体走向横滨线的月台。她迫不及待地想要见到杉。

当朱里走出检票口时，外面又下起了雨。在她背后响起了末班车的广播声。朱里犹豫了一下，随即就小跑着冲进了拱廊商店街。她一边在没有行人的人行道上疾走，一边扫视过卷帘门，寻找着杉的身影。

或许她今晚不在这里——突然想到这里的朱里面色惨白。

杉非常忙。

朱里更加加快了脚步，不好的预感正在侵袭她的全身。一段时间不见，大海的画卷延长了不少。

朱里总算来到了拱廊商店街的出口，卷帘门上的渡渡鸟似是嘲弄般地对朱里眨着眼睛。朱里回头望去，身后一片空荡。这里就像是爱丽丝掉进的洞穴一样。

朱里抬起头，不想让自己的眼泪滴下来。她看到了拱廊上白中透明的屋顶，也许现在爬上去来回走走也不错。

十一月的秋雨静静地拍打着拱廊商店街。

#008

“公主，你有事求我？我可要吃了啊。多给我来点儿烤面条加干酪沙司。”

杉冰冷的大手紧紧握住了朱里娇小的右手，她是今早从通宵工作的摄影棚赶过来的。

“……你可真行啊，一直弄到早上？”

这里是离大学最近的站前快餐厅。

昨晚，错过了末班车的朱里就在杉住的街区的漫画咖啡厅过了一夜。因为淳之介早上给她发了一条“我有重要的话要说”的短信，朱里这才起床。朱里其实很想回家，但她还是不得不来到了淳之介所说的这家店。不好的预感让她全身发沉。

“啊——真是郁闷啊！难道他又要把昨天争论的事情再挑起来说一遍吗？”

朱里两手托腮，一边吸烟一边说道。大概是昨晚睡在廉价躺椅上的缘故，她的后背感觉硬邦邦的。她也没时间卸妆，真不想顶着这样的面容去见男友。

“啊？你说什么呢？你不是已经要和淳之介分了吗？这是个好机会，你们赶紧了断吧。这样才算是仁义啊！你只要趁着年纪大好，赶快嫁给岛根就行了。”

杉笑着撞了下朱里的肩膀道。她这样子根本不像是一夜没睡。朱里觉得说明状况太麻烦，因此她吐着烟圈，彷徨地注视着店内。

茶色头发的服务员连连打着哈欠。这里只有朱里和杉两位客人。

门铃一响，吹进了一阵冷风。

“欢迎光临！”服务员站直身体低声道。

朱里转头，看到淳之介正一边取下肩头背着的斜挎包，一边走入店中。杉急忙站了起来。

“好了。我就不打扰了，这就走——”

“不要。你待在这儿吧。求你了。”

朱里死命抓着杉带着刺绣的光溜溜的袖子不放，她没有勇气与淳之介一对一相处。杉无可奈何地坐回了座位。

淳之介一边脱掉风衣外套，一边告诉服务员上咖啡。他坐在朱里对面，坐直身体道：“对不起！我觉得自己没办法再和你在一起了。最近我一直在考虑这件事，昨晚我又考虑了一夜，这才做出了决定。”

朱里不由自主地用手去捂耳朵。她不想听他后面还要说什么，于是她忘情地大叫道：“不要说了！我不想听！”

突然，杉凑过来挡在了两人中间。她啪地一拍桌子，芝士粉瓶应声而倒，黄色的粉末撒了出来。

“淳之介，我知道你不甘心，但我还是希望你能退出。作为朱里的好友，我求你了。”

杉规规矩矩地打开双臂撑住桌面，然后深深低头向淳之介行了个大礼。朱里用颤抖的手将芝士瓶放回原位的同时开始脸色大变。

“这家伙并不是故意的，人心是没办法束缚的是不是。恋爱是自由的啊！”

“喂，喂！你在说什么啊！杉！”

杉的话没头没尾，淳之介连忙起身对杉弯腰还礼。

“哎？你还没说岛根的事？”

终于抬起头的杉吃惊地看着朱里。朱里不由得闭上了双眼。淳之介的声音瞬间变得尖刻起来：“岛根？那谣言就是真的了！他好像是对山村说过，说和你接吻了。”

朱里有些咋舌。她避开淳之介的目光，低头捻灭了香烟。

杉终于发现苗头不对，于是她提心吊胆地站起来道：“啊，我好像说了不该说的话。我还是先回去的好吧？”

服务员端来了烤面条加干酪沙司，朱里胡乱地指了指旁边的桌子。杉慌忙移到了那一桌，她不到三分钟就填饱了肚子，随后逃命般地离开了。

“很好。这样我也就没有愧疚感了。”

杉刚一消失，淳之介随即说道。

“什么意思？”

淳之介沉着冷静地看着朱里。交往将近两年的时间里，朱里从没看见过他这样的表情。

“我有了喜欢的人。和你分手以后，我就会孤注一掷地去告白。”

“那个人是松田吧。”

“没错。”

淳之介毫不迟疑地点头道。咖啡终于送来了。朱里声音颤抖地道：“什么嘛，那种人。她很普通啊！你不是说过对那种普通女孩子没兴趣嘛！”

“你轻视别人也该有个限度！”

朱里看到淳之介气得红了眼。从没有被父亲斥责过的她只因这句话就险些窒息。

“自己什么都不做，你有什么资格狂妄自大地批评别人！你这样的性格谁也不会想和你在一起！”

不甘的感觉几乎要使朱里发狂了。

“什么嘛。你要是羡慕我的话，做你自己不就好了。你也可以停止你那无聊的就业活动啊！”

“我可没有像你说的那样做什么无聊的就业活动。你这么看是因为你傲慢！美咲是个了不起的好女人，她一直在努力。你别再说她的坏话了！”

“就业就那么了不起吗？那只不过就是急着想变得和别人一样不是吗？”

朱里发觉自己说话时已经带上了哭腔，连她自己都不知道她想要说什么。或许她是想做些什么，或者什么都不想做。

“总之，我们还是分开的好。”

朱里泪眼迷蒙地看着杉吃得精光的餐盘。

#009

为什么自己会做这种事情呢？朱里的臂弯中抱着美咲的文件夹，文件夹明快的薄荷绿色的封面上带着纯白的皮毛。

朱里在大学后门前的过街天桥上反反复复地考虑了将近十分钟。这里行人非常少。

干脆就把它扔在这里吧！

朱里提心吊胆地看向下面的车道，下面有一台卡车驶过。

就让这个车厢撞碎这个文件夹吧——想到这儿，连她自己都感到害怕。

自己今天到底怎么了？

出了快餐厅后，朱里仍然不敢相信发生在自己身上的事。她只是一个劲儿地在想时光是否能够重来。

朱里来到学校后仍然对课业提不起精神。在图书馆消磨完时间后，她蹒跚地跨入了食堂。

看了看食堂里的挂钟，三点刚过一点儿。朱里觉得很渴，她从自动售货机里买了一瓶宝矿力的瓶装水，找桌子坐下后就开始咕咚咕咚地喝了起来。

“奥泽，我能坐这儿吗？”

朱里抬头看去，松田美咲将餐盘放在了她对面的位置上。她买了炸猪排盖饭和咸菜。美咲头发拢起，穿着干练的正装。她平时的那种柔和之感消失不见，给人一种能干的 OL 之感。

朱里眼含泪光地注视着美咲。她一脸茫然地指着朱里的眼睛道：“你的眼影晕开了，用这个吧？”

她打开包，拿出了擦拭型卸妆棉。朱里虽然生气，但还是用了一片。湿冷的卸妆棉贴在因睡眠不足外加流泪而红肿的眼睑上感觉很舒服。朱里擦了下自己的眼窝，果然已经污黑一片了。朱里一下子涨红了脸。

“你都随身带着这些啊？”

朱里干巴巴地问完后，美咲点了点头。

“是啊，因为面试之前不知道会出现什么情况。我已经因此不知失败了几次了。你看，我带了遮瑕膏、梅干味的嚼益嚼、修正液、便携充电缝纫机，还有最重要的文件夹！”

她兴高采烈地将包里的东西逐一拿给朱里看，朱里看到了那个她所说的薄荷绿封皮的文件夹。

“今天也有面试？”

“嗯。五点半在新宿，是我第一志愿中的玩具厂设计部。虽然有点儿俗，但我还是买了炸猪排盖饭来给自己打气。”

活力十足地掰开筷子的美咲身上看不出一点儿恶意。因为她还不知道，淳之介就要向她告白了。

尽管如此，朱里还是紧紧盯着她的一举一动，而美咲则爽朗地说着自己的面试失败经历。

就在那时，她放在桌上的手机振动了起来。美咲向朱里道了歉，然后拿着手机离开了。就在那一刻，朱里着了魔般地行动了。她义无反顾拼命跑到了平时没人用的食堂后门，她从没想过自己能够跑得这么快。

就这样，朱里现在来到了过街天桥上。

轻轻摸摸毛皮，似乎就能感受到美咲那绵软的世界观。距离面试还有两小时，她会怎么办呢？

她没时间再回家去制作一份数据，她的梦想会因此而中断吧。想到这儿，朱里的胃开始剧痛起来。她咬紧了有些脱皮的嘴唇。

这样的自己不是和立花希代子一样吗？

十五岁的夏天，她以一副好朋友的样子进了朱里的家门并偷走了她的日记。在高中一年级的第二学期，她让全班同学都看了那本日记。最终，她刺穿了那本日记，在大家面前羞辱了朱里。

当然，这件事很快就全校皆知，立花希代子也被老师问责了。她在学校里始终受到冷遇。在朱里的记忆中，直到毕业前，她都躲在书呆子组的一方天地里。她自暴自弃般地只知学习。她竟然也会那样极端。毕业之际，朱里和她在学校擦身而过。那时，朱里曾经因为看到她过于沉着的面容而感到惊讶。她一定考上了自己理想的大学吧。她一定是打算在新的环境里重新开始。

真是个顽强的女人啊，她有着小强一样的生命力。

当时，她那种想要将自己置于死地的恶意曾让朱里感到害怕。同时，她又从心底极为蔑视浪费宝贵的时间与精力去对付讨厌的人，最终一度失去所有的希代子。既然她那么讨厌自己，那只要忘掉自己就好了。

但是，就在翻看文件夹时，朱里开始逐渐明白驱使希代子如此狂热的真正原因了。

她是想要了解我吧。

现在，朱里并不想让美咲为难。虽然她不相信任何人，但是她却想了解她。她强烈地想要确定淳之介选中的女子是怎样的人，她和自己有何差别。

越是翻过一页，上面的熊猫就越好。邪恶的熊猫，温柔的熊猫。虽然主题相同，但是却令人欲罢不能。

文件夹中不仅有插画，而且还有经过加工的照片。美咲结合现有商品给出了多种多样的熊猫角色提案。除了企划资料外，里面还细致地收集了数据以及市场调查等。

朱里不停地翻看着，她被美咲出人意料的现实一面吸引住了。

当她发觉时，自己已经再度泪流满面。

自己和淳之介在一起的每一天虽然有不满，却内心安稳。他总是男子汉一般地守护着自己，他一定也是这样与美咲接触的吧。朱里的各种回忆逐渐复苏。

朱里的眼泪落在了桥下经过的一辆轿车的发动机盖上。朱里一边想象着它会将自己的泪水带往何处，一边慢吞吞地走下天桥，返回学校。

朱里战战兢兢地再次踏入了食堂。令她吃惊的是，美咲仍然坐在此前的那个位置上。她一边看着报纸，一边安安稳稳地喝着罐装奶茶。

“啊，太好了！”

刚看到朱里，她马上如释重负地折起了报纸。

“我认为你一定会回来的。”

美咲站起来伸出手道，她的目光知晓一切。朱里垂下头，忐忑不安地把文件夹还给了她。

“别担心，我带着 USB 呢。只要去电脑房就能再次拷贝数据了……虽然我想这么说，但是，那个装订却是我找人花钱做的……直说吧，我其实挺为难的。”

朱里的那句对不起已经到了嘴边，但美咲却像是要打断她一般地抢先说道：“谢谢你把它还回来！”

她突然深深一鞠躬。

“很抱歉不能把男朋友还给你了。”

她像是道歉般地说道。朱里根本没有去看她的表情，她一个转身，一溜烟地朝着入口跑去。

#010

四个月后。

看见缓慢地驶入原爆圆顶馆前站的广岛电铁，朱里大叫了起来。那列车的车厢上画着的是她极为眼熟的海龟。朱里吃惊地使劲儿去拍在她身边的杉的肩膀。

“喂！这画难道是……”

电车缓缓停下，打开了后部车门。朱里追着笑嘻嘻的杉乘上了电车。在机器验票时，朱里目不转睛地盯着自己的好友。

“是啊，嘿嘿嘿。广电向全国征集新设计。我得奖了。很厉害吧？”

两人坐进了席位。

“哦……毕业设计就够你拼命的了，你还有时间做这些啊！”

有些无精打采的朱里脸颊靠在窗玻璃上道。电车中看到的是春日阳光照耀下的广岛街市。

“这个能在毕业旅行前完工真是太好了！我想让你看看。”

“杉，你是毕业旅行，我可不是。”

杉略微看向朱里，像是什么都没听到似的用口哨吹起了《无仁义战争》的主题曲。

朱里留级了。

和淳之介分手后，朱里总是很怕在校园里遇到他。因为总是逃课，她的毕业设计进度更加缓慢了。只要站在画布前面紧握着炭笔，她的泪水就会涌上来。呼吸困难的她不得不离开那里。

虽然她总算是在提交期限内上交了作品，但是她的作品分数很低，而且又被人发现她算错了学分。当被教授叫去时，朱里眼前一片黑暗。

淳之介在毕业前决定加入一家大型游戏公司做设计师。在此之后，他很快就和已经获得了自己第一志愿企业内定的美咲在校园中出双入对了。而朱里即便看到他们也要努力表现得毫不在意。

“这辆电车能不能让你想到那个？《魔女宅急便》。那里不就有在科里克的大街上这样跑着的电车吗？”

高亢的声音终于让朱里回了神。

“啊，吉卜力啊，我不喜欢。”

话音刚落，杉就推了朱里一把。

“你不喜欢《魔女宅急便》，你还是不是日本人啊！成为像乌露丝拉那样鼓励琪琪的女画家多帅啊！小时候看了那个后我就非常想成为画家。”

“你的画家之心不是在当小混混用喷枪涂鸦时才觉醒的吗？”

杉权当没听见朱里的话似的道：

“每当我坐公交车或是其他交通工具时，我就会想，乌露丝拉和琪琪也是这样吹泡泡的吧。”

杉突然拿出一桶泡泡糖猛地推到了朱里眼前，朱里连忙弯腰双手去捧。桶里掉出的各色圆形泡泡糖溢出了她的手心，散落在木地板的四面八方。无计可施的朱里眼神茫然地追逐着色彩的洪流。

杉邀请朱里一起毕业旅行是在一星期前。对于朱里的留级，她既没有责备她，也没有嘲笑她。朱里很高兴杉能够温柔地陪伴在她身边，因此朱里老实地跟着她来了。

昨天晚上，她们住在杉在八丁堀的老家。杉的妈妈美得根本不像是五十岁的人。她用自家店里的铁板给她们做了日式煎饼。

关店后，朱里和杉帮忙收拾，然后一起睡在杉的房间里。朱里虽然被贴在杉房间里一面墙上的《无仁义战争》中菅原文太的海报吓到了，但她还是睡着了。

今天她们早起来到广岛和平纪念资料馆和原爆圆顶馆来参观。

广岛电铁很快到达了终点站宫岛口。两人拿着导游手册，朝着老字号鳗鱼料理店走去。等了一个小时才端上来的鳗鱼饭与在东京吃到的只是甜丝丝的饭菜截然不同。

“好吃吧？多吃点儿，这样才有精神！”

一边吃着干烤鳗鱼，一边喝着凉酒的杉满足地笑道。

她们刚一来到去往宫岛的轮渡处就听到渡轮鸣笛出发的声音，两个人急忙跳上了船。她们调整气息来到了甲板上。甲板上的风很快就吹乱了朱里的头发。杉望着闪闪发光的海面，像是要压过汽笛声般地扯开嗓子大喊：

“我要感谢你！是你让我的大学生活十分快乐！”

“……我什么都没做。”

自己并没有帮过杉，反倒是她总在保护自己。

“刚上大学那会儿大家都排斥我。我只是画画，什么都不懂，是你教会了我很多东西！”

“很多东西……”

杉用力点头道：“我们在阿佐谷影城看了电影、在神保町喝了美味咖啡、乘坐目黑线进入南北线，还在Family sale上买了高档服装。我记得的虽然都是这样的小事，但是你让我喜欢上了东京。”

杉的鼻子猛地一酸，她不由自主地使劲儿眨了眨眼，随后用力抱紧了朱里的肩。

“谢谢你！”

虽然有点儿不好意思，但朱里也反抱住了杉的肩。

渡轮到达宫岛栈桥。

她们刚踏上小岛就有一头鹿凑了过来，朱里笑着摸了摸它光滑的头。

“公主，你终于笑了！”

杉抓住鹿角，鹿就用后腿踢了她。

她们走在碎石路上，边走边眺望着孤单耸立在海面的红色鸟居。突然，朱里产生了想把这里的风景留存下来的冲动。

“要是带着相机来就好了！”

朱里不经意地嘀咕了一句，杉却高兴得差点儿跳起来。

“噢！广岛的空气终于让你产生真正的创作欲啦！朱里老师要开始创作了啊！啊，我带了一次性相机。”

杉拿下背着的旅行包，坐在地上开始一样样翻找起来。

“算啦！”

注意到来往行人的目光，朱里立刻脸红起来。而杉则是一副找不到誓不罢休的样子。

“奇怪？我昨天的确是买了的啊！”

“真的不用啦！”

“但是，但是你好不容易才……”

朱里非常感动，她硬是把杉拉了起来。杉的身体轻得让朱里吃惊。

“杉，不用了。谢谢你！”

想起躺在自己家里落满灰尘的相机，朱里感觉很惭愧。她暗暗决定，回到东京后要重新开始摄影。

两个人迈进了严岛神社的大殿。穿过回廊的海风舒服得完全不会让人感到这里是海边。

朱里闭上眼，接连浮现在脑海中的全是她不愿回想的往事，几乎要让她颤抖起来。她急忙转换了话题。

“杉的老家就在拱廊商店街里啊，和你在横滨住的地方很像呢。”

朱里故意用明快的声音说道。杉则像是第一次发现般地睁大了双眼。

“啊，你这么一说的话……”

“杉也是眷恋故乡的人啊！大概淳之介也是这样。从小地方出来，然后一个人吃饭、画画，准备就业，这真的很累人啊。要是我能再早一点儿明白这些就好了。不过，现在已经来不及了。”

杉瞬间露出吃惊的表情。朱里觉得有点儿难为情，于是抢先走到了捐香油钱的箱子前面。她投进零钱，然后双掌合十许了个愿。

希望能和杉成为一辈子的好朋友。

“我有件事情要先告诉你。”

朱里吃惊地睁开眼看向自己身边的杉，她依旧目视前方，但是表情却有些微妙。

“哎？什么事啊？”

她该不会要说这座大鸟居也是她做的吧？到了这里之后，朱里再也不会吃惊了。她们身后排起了长队，于是两个人离开油钱箱，返回回廊。

“下个月我会回到这里。一边做补习学校的老师，一边帮我老妈看店。”

朱里惊得哑口无言。杉表情极为认真地看着朱里，她金色的刘海儿在海风的吹拂下轻轻浮动。

“怎么回事？你的梦想怎么办啊！”

朱里终于能够说话了。杉冷静地回答道：

“我的梦想没变。但是，我也担心我老妈。而且店里的收入也很糟糕。以前都是我老妈在操劳，现在我想帮帮她。我也会一直坚持画画的。”

“一旦就业了，你的梦想就会守不住了！”

朱里的大声嚷嚷让带孩子的家长转头看了过来。杉并没有移开视线。她的坚决越发让朱里火大起来。

“真是不敢相信。我对你太失望了！你也和其他人一样！没志气！你怎么到现在才说啊！”

到底是怎么了。也就是说，从下个月开始，朱里在东京真的变成了孤家寡人。没有恋人，也没有朋友。她要到没有熟人的学校上课，被学弟学妹们包围，还要学习和去年一样的课程。

光是想想就头疼。

“和别人在一起就那么开心吗？”

杉为难地低下了头。说得过火了——朱里也开始反省了。两个人走回来时路去乘坐渡轮。

“别生气了。一会儿我们回到广岛，然后我们坐山阳本线去吴吧！去那里看《男人们的大和》中出现的大炮，好不好？”

杉拼命地取悦朱里，但是朱里却无论如何也不能走出愤怒。朱里发现，淳之介、岛根的离开其实都怪杉。直到广电到达广岛车站前，朱里一直在埋怨杉，而杉则在不断地道歉。

在她们通过广岛站检票口，就要到达月台时，杉终于受不了了。

人们在广岛站的四个宽敞的月台上排队等车，屋顶房梁上还有鸽子在咕咕叫。整个车站都给人以闲适、宽敞之感。

“你差不多行了吧！”

杉的大嗓门引来了几位在月台上等车的旅客的注目，屋顶上的鸽子一下子全都飞走了。朱里吃惊地闭了嘴。

广播响起，与她们反方向的山阳本线到了。奶白色的车身上带有蓝色线条。和小田急线很像——朱里在疑惑间有些走神地突然想到了这个。杉充血的眼睛瞪着朱里道：

“我知道你在高中时被人欺负过。结果你一直都在轻视别人，非常瞧不起别人！”

发现有人围观，朱里低下了头。杉使劲儿抓住了朱里的手腕。

朱里突然把她看成了立花希代子。

她也曾用这样的眼神瞪过朱里吧？这眼神中充满了愤怒与深深的伤害。朱里想要甩开杉的手。

“痛……”

“你去哪！想要逃走吗？”

“吵死啦！我想一个人待着！我要去海边！”

说完，朱里敏捷地跑进了车厢。杉一副失望的表情满脸通红地大叫着：

“一个人去海边根本没有意思！”

朱里胸口一痛，她慌张地别开了头。就在车门关闭的瞬间，杉再次大叫起来：

“你要看着波浪把自己想象成是悲惨的女主角吗？你要一直这样下去吗？”

电车缓缓启动了。

杉快跑着追赶电车，她一边看着朱里，一边在大喊着什么。

她的手脚奋力摆动着，就像疾驰的车轮一样画出一道道弧线。但最终，她还是渐渐消失了。

我才没有瞧不起别人。

朱里靠在车门上紧咬着嘴唇。看看手腕，刚刚被杉抓过的地方已经红了。

朱里一直都很羡慕杉，羡慕她直来直去的个性、羡慕她用尽全力去得到自己想要的东西的那份坚强。

又被人遗弃了。这种事情始终都在朱里身上反复发生。

开始，女孩子们会觉得朱里有趣，并且羡慕她。但是转眼间她们就会看清她的软弱，然后她们会厌倦她、遗弃她。

朱里害怕被杉遗弃，所以她想要比别人更早地搭乘上电车。她总是第一个到达终点，但是，其他人马上就会追上她。她们连看都不看她一眼就再次搭上了电车。对于朱里而言的终点站对于她们来说不过是返程的始发站而已。朱里再回神时，她正独自留在无人的车站里，盯着逐渐变成圆点消失不见的电车发呆。

立花希代子也是这样。仔细想想的话，那时是立花希代子先抛弃了她。

那次事件后，朱里曾经与她打过一次招呼。尽管朱里为此费尽心思，但希代子还是毫无反应。

是她们抛弃了朱里。

眼前的景色在不断变换，高层建筑逐渐消失不见。她和杉的距离每秒都在拉开。今天开始，她们就会变成毫无关系的人吧。就像与曾经和她那么亲密的立花希代子变为陌路那样，两人从此就会忘记彼此吧。

稍微想象一下那情景，朱里马上冷静了下来。她已经在杉的面前展露了太多的自己。每次遇到杉时，她一定会感到痛苦和羞耻，甚至感到无地自容。

朱里吐了口气，握紧了拳头。

一定要回去。

自己不可能忘掉杉。现在自己心里不也残存着立花希代子的样子吗？

对，不能眼睁睁地看着杉离自己远去。一定要抓住她！哪怕她说再过分的话也要容忍！

电车在下一站停车了。车门刚一打开，朱里就马上跳上了月台。上行电车迟迟不来，朱里急得直跺脚，眼睛紧盯着时钟上的秒针不放，她的头上也开始冒汗了。几分钟后，朱里终于坐上了电车返回了广岛站。

虽然只过了十多分钟，但是朱里却觉得好像过了很久。当朱里再次站在月台上时，车站和刚刚似乎完全不同了。

朱里从两个月台的交叉点注视着自己刚才和杉发生争执的检票口。在夕阳的映照下，那里给人以寂寥之感。大概是旅客减少了的缘故，车站看起来比之前更为宽阔。朱里忙着四处搜寻，可始终不见杉的影子。

我在做什么啊！

朱里叹了口气，看来只能先回杉家里了。就在朱里转身要走时，在旁边的月台上，一个背对着朱里坐着的女孩从长椅上站了起来。朱里停下了脚步，那个女孩子转过身，她与朱里的目光相遇后马上又移开了。

朱里泫然欲泣地全力跑了起来。她跑上楼梯，穿过通道后又跑下楼梯，直到跑到杉身边才开始调整呼吸。

“对不……起……”

朱里轻声低语。只有这个朋友她不想失去，自己像那一天和希代子说话时一样的低语是不行的。朱里鼓足勇气猛地低下了头：“请不要抛弃我！”

朱里忐忑地抬起了头，杉终于看向她了。很快，杉终于有些难为情地笑了。

“找到了，傻瓜相机。”

咔嚓一声，闪光灯亮了。

图书在版编目（CIP）数据

终点的少女 /（日）柚木麻子著；胡静译 . —北京：
中国友谊出版公司，2018.1
ISBN 978-7-5057-4054-9

Ⅰ . ①终… Ⅱ . ①柚… ②胡… Ⅲ . ①短篇小说—小
说集—日本—现代 Ⅳ . ① I313.45

中国版本图书馆 CIP 数据核字（2017）第 107533 号

版权合同登记号 图字：01-2017-3987

书名 **终点的少女**
作者 ［日］柚木麻子 著　胡静 译
出版 中国友谊出版公司
发行 中国友谊出版公司
经销 新华书店
印刷 北京嘉业印刷厂
规格 700 × 980 毫米　32 开
7.25 印张　130 千字
版次 2018 年 3 月第 1 版
印次 2018 年 3 月第 1 次印刷
书号 ISBN 978-7-5057-4054-9
定价 42.00 元
地址 北京市朝阳区西坝河南里 17 号楼
邮编 100028
电话 （010）64668676